인형

LA POUPÉE
by Ismaïl Kadaré

Copyright ⓒ Librairie Arthème Fayard, 2015
Korean Translation Copyright ⓒ Munhakdongne Publishing Corp., 2018

This Korean edition was published by arrangement with
Librairie Arthème Fayard through The Wylie Agency (UK) Ltd.
All rights reserved.

이 도서의 국립중앙도서관 출판예정도서목록(CIP)은
서지정보유통지원시스템 홈페이지(http://seoji.nl.go.kr)와
국가자료공동목록시스템(http://www.nl.go.kr/kolisnet)에서 이용하실 수 있습니다.
(CIP제어번호: CIP2018013083)

인형

La Poupée   Ismaïl Kadaré

이스마일 카다레
장편소설

권수연 옮김

문학동네

일러두기

1. 원주 표시가 없는 주석은 모두 옮긴이주다.
2. 본문 중 고딕체는 원서에서 이탤릭체로 강조한 부분이다.
3. 옮긴이의 의도에 따라, 어머니(더러는 할머니)를 지칭하는 삼인칭 대명사로 '그녀' 대신 '그'를 썼음을 밝혀둔다. (대명사 '그'가 남성과 여성을 모두 일컫기에 무리가 없고, 행여 소설이 절절한 사모곡이 될세라 작가가 긴 시간을 멀리 바라보며 유지하는 '애정 어린 객관성'에는 더 짧고 건조하고 중성적인 '그'가 더 어울리겠다고 판단했다—옮긴이)

La
Poupée
-
차례
-

인형 7

1

1993년 4월, 티라나에 사는 아우에게서 어머니가 오늘내일한다는 전화가 왔다.

아내 헬레나와 나는 어머니가 아직 살아 있을 때 보고 싶은 마음에 파리에서 가장 먼저 뜨는 비행기를 탔다. 어머니는 숨이 붙어 있기는 했지만 아무것도 알아보지 못했다. 케말스타파거리에 있는 이모 집에서 혼수상태에 빠져 있었는데, 어머니를 돌보기가 좀더 수월하도록 몇 주 전 그리로 거처를 옮긴 터였다.

이모 집까지 어머니를 직접 안아 옮겼다는 외사촌 베스니크 도비는 디브라거리에서 케말스타파거리 초입까지 짧은 거리를 이동하기에는 왜 안아 옮기는 편이 나았는지를 설명하고는 이런 말을 보탰다. 더구나 고모가 좀 가벼웠어야지.

사촌은 변명거리를 찾는 사람처럼 거의 같은 말을 누차 했다. 안 믿길 만큼 가볍더라고! 고모가 꼭, 이를테면 종이로 만든 것 같았어.

종이죽 인형 같았어.

이 끝말이 사촌 입에서 나온 건지 내 생각 속에서 튀어나온 건 지는 잘 모르겠지만, 아무튼 나는 놀라지 않았다. 듣기 전부터 알던 말인 것 같았다.

익숙한 장면이 떠올랐다. 우리집에서 우리 딸들이 저희 엄마 와 인형놀이를 할 때 수없이 되풀이된 장면. 인형은 딸들 사이에 서 가만 참고 섰고, 그러는 동안 딸들은 갖가지 리본이며 머리핀 을 인형 머리에 묶고 꽂으면서 인형에 대고 연신 말했다. 할머 니, 움직이지 마!

헬레나는 당황했지만, 딸들은 저희 엄마 말을 듣지 않았다. 할머니는 좋대, 하고 대꾸해댔다. 할머니가 좋아해. 그럼 됐지, 뭘 그래?

가볍다…… 하기야 우리집 낡은 나무 계단도 보통 때는 삐걱삐걱하면서도 어머니가 걸을 때는 끽 소리도 안 냈다. 어머니는 걸음뿐 아니라 모든 게 가벼웠으니까. 옷도, 목소리도, 한숨까지도.

마을에서, 그러다 나중에는 학교에서, 우리는 어머니를 다룬 시를 많이 배웠다. 개중에는 어머니를 여읜 이들을 위한 시와 노래까지 있어서 거기 나오는 "엄마 없는"이라는 말이 가슴을 에었다. 내가 알기로 우리 반에 엄마 없는 아이는 없었다. 엄마가 없는 아이들이 그걸 비밀에 부친 게 아니라면 말이다. 엄마가 없는 건 창피한 거라는 우리 반 한 남자아이의 말에, B반 남자아이가 그 말은 틀렸고 아빠가 없어야 창피한 거라고 말했다. 그러자 여자아이들인 일베리아와 엘라 라보비티가 두 가지 설을 다 비웃으며, 우리가 '창피하다'는 말과 '불쌍하다'는 말을 헷갈릴뿐

더러 이 말들이 뜻하는 바도 전혀 이해하지 못한다고 했다.

　이런저런 일이 있었대서 어머니라는 문제가 조금이나마 쉬워진 것도 아니었고, 어머니 한 사람이 있다고 아주 무탈한 것도 아니었다. 아무리 주야장천 "사랑하는 엄마, 세상에서 제일가는 우리 엄마, 엄마 냄새는 정말 좋아" 운운하는 노래들을 불러댄다 한들 끝에 가서는 어머니에게 실망하는 일도 얼마든지 있을 수 있었다. 어떤 아이들은 대놓고 말은 못했지만 저희 엄마가 노인까지는 아니어도 남들 엄마처럼 한창 젊어 뵈지 않는다는 사실에 속을 끓였다. 하지만 그것도 한 엄마도 아니고 두 엄마나 아이들 아버지와 헤어진 옆 동네 학교 사정에 대면 아무것도 아니었다. 거기에다 파노 X.의 이야기까지 굳이 보태자면, 그 아이는 어느 날 등굣길에 누가 자기를 "창녀 아들"이라 불렀다며 눈물범벅이 되어 나타나더니, 일베리아와 엘라 라보비티에게 남의 엄마를 툭하면 ㅊ으로 시작하는 말로 불러대는 사람은 아마 제 엄마에 대해 켕기는 게 있기 때문일 거라는 말을 들은 뒤에야 진정했다.

　좀전의 이야기들과는 동떨어진 경우이긴 해도, 나도 어머니와의 사이에 문제가 있다는 걸 머지않아 깨닫게 되었다. 그건 일차적으로 그의 가벼움과, 훗날 내 눈에 그가 종이나 석고로 만든 사람처럼 보이게 한 그 무엇과 연관이 있었다. 처음에는 어렴풋하게, 그러다 점차 선명하게, 어머니를 다룬 시나 노래에서는 부족한 법이 없는 것들—젖, 가슴, 모성 특유의 냄새와 푸근함—이 내 어머니에게선 찾아보기 쉽지 않다는 걸 알았다.

차가웠다는 말을 하려는 것이 아니다. 어머니는 우리에게 더할 나위 없이 다정했다. 그리고 그만큼 극진히 우리를 보살폈다. 결핍은 다른 곳에 있었다. 나중에야 깨닫게 된바 그것은 그의 존재감 결여에, 아마도 그에게는 버거웠을 월경越境에 기인한 것이었다.

간단히 말해서 나는 오래전부터 내 어머니가, 어머니를 노래하는 시구들과는 달리 무슨 목탄이나 연필로 그려놓은 사람 같다고 느꼈고, 그가 그런 인상을 떨쳐낼 방법은 없어 보였다. 어머니의 창백한 얼굴은, 특히나 우리집과 거의 맞붙은 집에 살면서 지로카스트라에서 신부 화장으로 이름을 날리던 카코 피노에게 배운 대로 분칠을 할 때면, 마치 가면을 쓴 양 비집고 들어갈

틈도 없이 단단해 보였다. 나는 후일 일본을 여행하던 중에 가부키 배우들의 새하얀 얼굴을 처음 보고도 친숙한 인상을 받았다. 그들은 예전의 내 어머니와 똑같은 비밀을, 수수께끼이되 무서운 것과는 전연 무관한 인형의 수수께끼를 품고 있었다.

어머니의 눈물은 만화영화만큼이나 비현실적이었다. 나는 대개 눈물의 이유를 모르고 지나쳤다. 또 여러 해가 지나도록 어머니가 화장실을 드나드는 걸 본 일이 없었기에 어머니는 화장실도 안 가는 사람인 줄 알았다.

어머니란 이해하기 가장 힘든 존재라고, 파리의 한 저녁 모임에서 시인 안드레이 보즈네셴스키가 내게 말했다. 헬레나와 함께 알랭 보스케의 집에 초대를 받아 간 자리였는데, 그 기회를 빌려 나는 시인의 작품 가운데 사람들 입에 많이 오르내린 반半애너그램* 형식의 시 몇 편에 대해 주로 질문했다. 그중에 러시아어로 어머니라는 뜻인 단어 мать가 세 번 연달아 쓰인—мать мать-мать ма—시가 한 편 있는데, 이어 네번째에 이르러서는 마지

---

* 단어나 문장을 재배열해서 새로운 단어나 문장을 만드는 놀이.

막 글자 ть가 잘려나간 탓에 앞의 мать의 ть와 이어져 러시아어로 어둠이란 뜻을 가진 단어 тьма를 만든다.

그날 밤 보즈네센스키는 퍽 침울해 보였는데, 그런 심기가 자기 시에 대해 내게 설명해줄 때도 영향을 주었으리라 생각한다. 그와의 처음이자 마지막 만남이 그렇다보니 그의 말뜻을 더 깊이 알 수 있는 가능성은 날아가버렸다. 그가 그럭저럭 내게 설명하기를 자기는 어머니와 어둠이라는 두 신태그마*의 관계를 빌려 인간은 암흑을 벗어나듯 어머니의 뱃속에서 빠져나온다는 사실을 상기시키려 했으며, 어둠과 어머니가 결합된 말—матьma—로 표현했듯, 거기서 어머니와 밤 모두 영원히 해독 불가한 존재로 남는 무한 순환을 보았노라고 했다.

내 어머니의 눈물의 이유는 수수께끼로 남았어도 그의 권태의 이유는 그렇지 않았다. 어머니는 권태로운 이유를 망설임 없이 자기 입으로 말했다. 그 말을 처음 들었을 때 나는 피가 얼어붙는 듯했고, 나중에도 그때 생각만 하면 소름이 끼쳤다. 이 집이

---

* 중단되지 않는 형태소의 연속체.

나를 잡아먹어.

그 말이 집에 있으면 지루하다는 뜻의 관용적 표현이라는 건 금세 알아차렸다. 하지만 그때의 내 나이답게 말뜻을 꿰뚫어야겠다는 생각에 골몰하다가, 우리가 살고 있는 집이 별안간 우릴 산 채로 잡아먹으려 하면 얼마나 무서울까 상상하며 겁을 집어먹곤 했다.

2

어머니는 여러 면에서 짐작하기 어려운 사람이었지만, 자기가
우리집을 싫어한다는 사실은 조금도 감추지 않았다.

어림짐작으로도 놀라울 게 없는 일이었다. 고작 열일곱 먹은
소녀가, 넓기가 이루 말 못할 저택에 새신부로 들어온 것이었으
니 말이다. 맨 처음 절로 그를 엄습한 생각은, 이런 집은 유지 품
이 무지하게 들겠구나 하는 거였다. 나중에 이모들에게 들은 이
야기로는 집안일에 건성이라며 종종 꾸지람을 듣던 소녀였으니
더더구나 그랬을 것이다. 설상가상으로 그 집안에서는 다른 며
느리고 누구고 간에 타인의 도움 따위는 기대할 수 없었다. 내

아버지는 외아들이었고, 아버지의 아버지는 이미 이 세상 사람이 아니었으니까.

저택은 클뿐더러 낡고 엄숙했다. 그것으로 성에 차지 않는다는 듯 시어머니, 그러니까 장래의 내 친할머니는 까다로운 여자로 유명한데다 똑똑하기로도 이름이 높았다. 그런 과똑똑이의 명성이 왜 어머니를 힘들게 했는지를 내가 이해하는 데는 적지 않은 시간이 걸렸다.

처음 새신부와 시어머니 사이에 냉기류가 형성된 건 새신부가 그 집을 무시해서, 아니 더 정확하게는 시집에 혹하지 않아서였다고 말할 수도 있다. 하지만 진짜 이유는 그보다 더 근본적이었으며, 얼마간은 불가피했다.

지로카스트라에서는 두 집안이 결혼을 통해 결합하면서 전에 없던 상황이 돌연 전개되는 일이 보통이었다. 양 씨족이 자연스레 결합하는 한편으로 둘 사이에 일종의 장벽이 솟았는데, 특히 결혼식을 앞둔 기간에는 도무지 틈입할 수 없는 장벽이었다. 오래된 가문 특유의 오만, 신경과민, 쓰잘머리없는 허풍이 결혼으로 연결될 양가 구성원 전부의 세심한 계량을 거쳐 만발했다. 예비 신랑신부들은 겨울철 기나긴 밤이 흐르는 동안 저쪽 집안에 대고 터뜨리는 큰소리를 수도 없고 끝도 없이 들어야 했다. 일테면, 그 사람들이 설마 저희가 우리보다 위라고 생각하는 건 아니겠지! 등등. 그것은 일종의 냉전이었고, 그 결과 양 진영 사이에는, 보다 구체적으로 예비 신부와 예비 시어머니 사이에는 서로에 대한 적의가 어마어마하게 축적되었다.

그러므로 미래의 내 어머니가 카다레 저택을 티나게 무시한 게 아니며 미래의 내 친할머니가 유독 까다롭게 군 게 아니라고 해도, 두 여자 사이의 냉기류 형성이 불가피했다는 건 쉬이 예상할 수 있는 일이었다.

후에 나는 카다레족과 도비족 사이의 이른바 불화의 난해한 연대기를 여러 해에 걸쳐 어렵사리 학습했다. 아니, 더 정확하게는 간파했다.

때로는 수월하게 이해될 것 같던 것이 갑자기 복잡해지더니 급기야 해독이 전혀 불가해 보이기도 했다. 한데 그 반대 경우도 드물지 않아. 이따금 안개가 걷히고 모두의 입에서 이런 말이 나올 때도 있었다. 아, 그러니까 고작 그거였는데, 우리가 왜 그걸 몰랐을까?

난관은 두 집안을 도무지 같은 선상에 놓고 볼 수 없다는 데 있었다. 아마도 그 핵심에는, 한 도시에 있다고는 생각할 수 없으리만치 판이한 양가 두 저택이 있었을 것이다.

우리집이 낡고 엄숙했다면 바바조트―외할아버지의 별명―의 저택은 웃는 낯이었다. 외가는 넓기는 퍽 넓어도 깊이 쑥 내려가는 지하실도, 지하 수조도, 비밀 나무 계단도 없었고, 배치에 논리라고는 찾아볼 수 없는 빈방, 감방, 지하 통로, 꼬리를 물고 이어지는 통로들이야 말할 것도 없었다. 도비가※ 저택은 주변에 서로 비슷비슷하게 어우러져야 하는 이웃집들이나 골목길이 없다는 점에서도 달랐던 것 같다. 그 집은 훤히 트인 획지에, 콸콸 흐르는 물가에 자리잡은 성과 나란히 들어서 있었다. 남들은 잘 몰랐지만 주변의 너른 대지가 그 집 소유라서 그걸 정원이라 불러도 무방했고, 그 가운데 들어선 오다자슈테라 부르는 딴채에는 과거에 집안 하인들이었던 집시 가족이 살고 있었다.

두 저택의 거주자들은 그 불균형을 조금이나마 녹이기는커녕 오히려 부채질했다. 나중에 알았지만, 카다레가 사람들과 도비가 사람들은 서로 다르기가 집보다 더했다. 처음 눈에 확 띄는 차이는 도비가 구성원 대부분은 살아 있는 반면 카다레가 사람들은 대다수 고인이 되었다는 점이었다. 내가 이따금 집구석에서 모르는 얼굴이 찍힌 낡은 사진을 발견하고는 할머니에게 달려가 이 사람은 누구냐고, 또 이 사람과 이 사람은 어디에 있느냐고 물어보면 할머니에게선 여지없이 비통한 대답이 돌아왔다. 그럼 이 사람은요? 며칠 뒤 내가 다른 사진을 내밀며 물어도 대답은 똑같았다. 그 사람은 이제 이 세상에 없단다.

다른 차이점—지저귀는 새들이라든가, 집시들의 바이올린이라든가, 바바조트 할아버지가 전에 소유했던 농지의 그리스 출신 소작인들이라든가, 이모며 삼촌이라든가—이야 많기도 많지만, 사실 같은 차원에 놓고 보기도 어려웠다. 예를 들자면 바이올린 선율과 입구를 막아 출입 금지인 두 방 혹은 감방을 일컫는 이름인 합사네 사이에서 도대체 어떤 공통분모를 찾을 수 있겠는가? 이모 고모 삼촌 들 이야기를 하자면, 아버지의 형제자매였다는 사람들이 이미 고인이 된 건 기본이고 요상한 알바니아 전통 복장을 한데다 엄마의 형제자매와는 이름들이 영 딴판이라 너무도 비현실적으로 여겨진 까닭에, 그냥 내 선에선 비교할 수 없는 일로 단정지어버렸다.

(나중에 외삼촌 둘이 하나는 부다페스트로, 하나는 모스크바로 유학을 갔을 때, 아버지 형제들이 없는 데서 오는 차이가 급기야 물리적으로 나타났으니 그건 먼 곳에서 바바조트 저택으로 때마다 날아드는 외삼촌들의 편지며 엽서 때문이었다. 우리집에는 편지가 오는 법이 없었는데, 내가 보기에 그건 퍽 자연스러운 일이었다. 죽은 사람들은 편지를 보내지 않는다는 걸 알고 있었으니까.)

인형은, 나는 이 명사가 '엄마'라는 말을 온전히 대신하려고까지는 아니어도 최소한 그 별명 자리를 꿰찰 궁리를 늘 해왔다는 확신이 점점 더 들었다. 아무튼 그래서 인형은 비록 겉으로 티를 내지는 않았지만 카다레 저택과 그 줄줄이 이어진 창문이며 벽장, 포치, 숨은 지하실, 치장 석벽, 게다가 그 유명한 감방이며 소리 울림이 이상한 이름들—세이트 카다레, 아브도 카다레, 샤힌 카다레 등등―로 장식된 회랑과 대적해야 한다는 걸 어느 정도 인식하고 있었다. 회랑의 이름들 중 가장 유명한 이스마일 카다레는 증조할아버지의 이름이었는데, 나도 즐겨 입에 담았을 만큼 사람들에게 널리 친숙했다. 그 이유는 어떤 노래에 그 이름이 등장했기 때문인데, 노래라고 하면 튀르크인들을 무찌른 내용이었을 거라 짐작하기 쉽겠지만 그게 아니라 실은 그의 옷차림을, 더 정확하게는 유행복에 대한 그의 열망을 다룬 노래였다.

이 석조 요새를 공략하기 위해 인형이 동원할 수 있는 자기 군대의 조직원이라야 나무, 새, 자매, 옛 하인들 정도였을 터. 그런데 언뜻 보면 어딘가 조금 모자라고 허약해 보여도, 그도 나름대로 한 가지 비밀은 품고 있었다. 모르는 게 많은 사람이었던 인형도 '형편'이라는 별것 아닌 듯하면서도 기분 나쁜 표현 뒤에 숨은 비밀에 대해서는 알고 있었던 모양이다. 요컨대 도비 집안은 부유하고 풍족했지만 카다레 집안은 그렇지 못했다.

양 진영이 서로 가면을 쓰기로 합의했나 싶을 만큼 두 집안 어디서도 이 점이 언급된 적은 없었다. 겸손을 가장한 가면 뒤에서 도비 집안은 저희들의 풍요를 감추었다. 카다레 집안도 저희들

대로 허장성세의 가면을 쓰고 결핍을 감추었다.

그렇게 처음부터 그 결합은 덜거덕거렸다. 무엇이 그 결합을
부추겼는지는 결코 아무도 몰랐다.

3

1933년에 인형이 새신부로서 배우자의 집에 입성하는 장면을 내 나름대로 재현해보려는 시도는 늘 수포로 돌아갔다. 그의 이야기를 들을 때든 내가 상상을 펼치는 도중이든 번번이 걸림돌이 나타났다. 걸림돌은 그날 그가 밟아간 길에 이미 존재했다. 신부의 행렬이 바바조트 저택을 떠나 성채 발치의 대로를 따라 시내의 '시장 덜미'에 이른 뒤, 거기서부터 비탈진 바로슈거리를 내려가는 그림은 별로 어렵지 않게 재현해낼 수 있었다. 그런데 바로 그 지점, 의사인 바실 라보비티의 집─시간이 더 흐른 1943년 독일 군인들과의 수상한 저녁 자리가 마련될─에서 우리집까지 이어지는 길만 나오면 그림이 그려지질 않았다. 딸이

나와 한 반이었던 의사의 집이 첫 집이었다. 그 옆은 역시 우리 반인 파블리 우라의 집이었는데, 그 아이의 성씨는 그곳에 있지도 않은 다리를 뜻했다.* 물살 센 개천이 그 집 쪽으로 흘러 지나가기는 해도 근처에 다리라고는 그림자도 없다보니, 파블리 자신도 제 성씨가 그리된 연유를 설명하지 못했다. 그런데 '우라천'이던 그 개천이 몇 걸음 떨어진 피코 씨네 집 앞에서는 이름이 달라져 '피코천'으로 불렸다.

피코 저택은 워낙 클 뿐 아니라 아름답기로도 시내에서 으뜸으로 치던 집이라, 어떤 사람들은 당시 알바니아 역대 장관 중 최고 인사로 일컬어지던 사람도 그래서 한때 그 집에 산 거라고 말했다. 그렇게 으리으리한 집에서 바로 옆을 흐르는 개천에 제 이름을 붙이기란 얼마나 쉬운 일이었을까. 그 집에 면한 길의 한 토막은 온 도시 예비 신부들에게 동경의 대상인 카코 피노의 집으로 통했는데, 작고 아기자기하며 꽃 화분이 즐비하던 그 집은 우리집과 거의 붙어 있었다. 이 두 집 대문─모양도 들쑥날쑥하고 거꾸로 달린 듯해 다른 어느 집 대문과도 딴판인─앞에서 시

---

* 우라(ura)는 '다리(橋)'라는 뜻이다.

작되는 길이 '광인로狂人路'였다.

　인형은 호기심 없는 사람이 아니었던 만큼 이 모든 걸 눈여겨 보았을 것이다. 하지만 다른 의문들에 비하면 그것들은 명함을 내밀 처지도 아니었다. 거대한 미지의 대상 셋이 그를 기다리고 있었으니 말이다. 남편, 집, 시어머니. 그리고 아마 이 세번째가 가장 큰 불안을 불러왔을 것이다. 약혼자는 딱 한 번, 결혼식이 코앞일 때 집 창문 너머로 보았을 뿐이었다. 집은 어느 날 먼 친척이 가져다준 사진으로 봤는데, 그 집에 대한 풍문도 사진에 딸려왔다. 감방이 가장 이해할 수 없는 부분이었다. 카다레 저택이 시에서 감방이 딸린 너덧 집 중 하나라는 사실은 익히 알려져 있었다. 감방을 두고 어떤 이들은 광기의 증거라고 했고, 또 어떤 이들은 이제는 옛말이 되어버린 법적 전통을 떠올렸다. 말인즉 나라에 나랏법이 있듯 예전엔 집집마다 그 집의 법이 있었다. 쉽게 말해 자기 집에서는 자기가 왕이었다.

　뭐니뭐니해도 인형에게 최대의 미지수는 시어머니였다. 그에게는 똑똑하고 까다롭다는 두 가지 무서운 점 말고도 주목할 점이 하나 더 있었다. 그것은 그가 집에서 나가느냐 나가지 않느냐에 관한 문제였는데, 이에 대한 관측이 분명치가 않았다. 사람들은 카다레가 안주인의 자발적인 유폐는 혹 아직 시작되지 않았다 해도 다만 시간문제라고 여겼다.

고령 여성들의 자발적인 유폐는 도무지 이해되지 않는 도시의 전통이었다. 그 연원이나 발단이 된 사건이 무언지는 알려진 바가 없었다. 그냥 어느 날 어느 집 여자가 이제 다시는 집 문턱을 넘어가지 않겠노라고 선언해도 "왜?"라거나 "무슨 일인데?"라고 묻는 사람이 아무도 없었다.

알려진 것이 있다면, 이 유폐가 일종의 지위를 규정했다는 것, 즉 사회생활의 위계 속에서 진급을 의미했다는 것이다.

내 생각에 인형이 시어머니의 유폐가 말이 되는지 안 되는지에 대해 길게 숙고했을 것 같지는 않다(그는 아마 그저 시어머니가 집안에 죽치는 것보다는 밖으로 나다니는 편이 좋겠다고 생각했을 것이다). 반면 결혼식 바로 이튿날 아침부터 새집의 드넓은 응접실로 올라갈 채비를 하면서 그는 아마 결혼식의 야단법석은, 그리고 남편과의 첫날밤은 시집 어른들이라는 무자비한

심사위원단 앞에 나가 인사를 하는 일에 비하면 아무 일도 아니었으리라는 걸 직감했을 것이다.

여자들은 시커먼 옷차림을 하고 얼음장 같은 표정을 짓고, 더러는 커피잔을 창턱에 올려놓고 줄지어 앉아 새신부의 일거수일투족을 집요한 눈길로 탐색했다.

새신부는 물론 처신법에 대해 사전 교육을 받았겠지만, 그토록 긴장된 순간이고 보니 들은 충고들일랑 다 잊고 말았을지 모른다. 더구나 여자들 손에 들린 쌍안경을 보고 그는 완전히 평정심을 잃었다. 얼음 같은 눈빛만으론 부족하다는 양, 여자들은 그 무시무시한 쌍안경을 눈에 댔다 뗐다 하며 창밖을 관찰하고 있었다.

인형은 여자들이 갑자기 쌍안경으로 자신을 겨냥하며 이런 말을 내뱉을 것만 같았다. 아, 이 아이로군, 새신부가. 어디 요걸 좀 더 가까이 볼까……

이 쌍안경 사건도 인형이 새신부가 된 후 처음 친정 나들이를

했을 때 전한 괴담 중 하나였을 것이다.

결혼식 한 주 뒤에 있은 이 첫 친정 방문을 사람들은 뜬금없이 '소꿉장난'이라 불렀는데, 이는 추후 있을 그 어떤 예식이나 식사 자리보다 단연 중요한 행사였다.

새신부의 얼굴은 눈 밝은 사람에게는 수많은 정보를 전달했다. 기쁨, 실망, 망연자실, 보다 드물게는 갓 결혼한 여자의 행복까지. 친정 진영에서 그것은 대체 불가한 시험이요, 일종의 간첩 활동인 동시에 방첩 활동이었다. 새신부가 친정아버지의 집으로 되돌아온다든가 하는 등의 극적인 사건이 전개되지 않는다고 해서, 그것이 곧 '저쪽'에서 건너온 소식들이 이런저런 중대사에 영향을 미치지 않는다는 뜻은 아니었다. 경쟁 관계인 저쪽 집안에 대해 장차 취할 태도, 재산이나 상속 따위의 해결되지 않은 문제들에 대한 전략 등이 '소꿉장난'이라는 기만적인 이름이 붙은 이 방문에 달려 있었다. 지로카스트라의 유구한 가문들이라면 아주 능한 모종의 비밀 외교가 곧잘 이 식사 자리에 곧이어 발동했다. 이런 미묘한 집안 문제에 경험이 많은 노련한 중재자들, 그리고 여기저기서 알면서도 모르는 척 터져나오는 발언들은 과거의 합의를, 이를테면 카다레 저택의 보수공사를 위해 건네진 장기대부 같은 것을 파기해버릴 수도, 다시 이을 수도 있었다.

'마타 하리 시절'이라 이름 붙여도 될 인형의 이 인생 한 토막이 양가 사이 알력의 원인이었는지 아닌지를 따지기는 어렵다.

그가 드물게 털어놓은 속내에 따르면, 그는 여동생을 제외하곤 다른 친정 식구들과 특별히 끈끈한 관계를 맺은 적이 없었다. 고등학교 입시를 준비하던 남자 형제 둘은 사는 세상이 달랐다. 두 사람은 나중에 시에서 발행하는 일간지 〈민주주의〉의 독자가 되더니, 네오알바니아니즘이니 프로이트와 브랑코 메르자니*의 사상이니 하며 그로서는 더이상 모를 수 없는 주제들에 대해, 그 즈음 속속 등장한 '정치범'이라는 신종 죄수들에 대해 썰을 풀기 시작했다.

두 형제의 가치판단은 갈수록 다른 가족들과 벌어졌다. 인형

---

* 알바니아 작가, 출판 언론인. 자국의 지적 후진성을 인식하고 정신 개혁을 호소하며 이를 '네오알바니아니즘'이라 칭했다.

이 쌍안경 이야기를 꺼내자 두 사람은 조소를 터뜨렸다. 그들 말로는, 그 부인네들이 쌍안경을 쓴 건 그저 젠체하는 용도였다는 것이다. 지로카스트라의 오래된 집안들은 전부 과시욕에 미쳤기 때문이라며.

그들이 늙은 시어머니의 칩거 결심을 설명하는 논리도 같은 맥락이었다. 그 정신병자 같은 풍습의 목적은 오직 제 권위를 키우는 것뿐이라는 말이었다. 한 학년 위였던 장남은 어디선가 읽고 온 또다른 이야기도 그참에 들먹였다. '죽음의 외재화' 운운하는 그 이야기를 나는 듣고도 잘 이해하지 못했는데, 죽음이 표면으로 떠오른다나, 아무튼 그 비슷한 이야기였다.

나는 인형의 첫 '소꿉장난'을 몇 번이고 재현해보았다. 노골적으로 걱정을 드러내던 친정 식구들은 우선 인형이 새 가족 사이에서 예법에 맞게 잘 처신하고 있는지, 혹 실수를 저지르지는 않았는지 질문들을 던졌다. 자매들은 쌍안경 써본 적 있어? 라거나, 그 고명하신 시어머니는 사람들 말만큼 똑똑해? 등의 천진하기 짝이 없는 질문을 던졌다. 다른 질문들은 부모 귀에 들어가지 않도록 조용히 속삭거렸다.

이틀간의 친정 나들이가 후딱 지나고, 인형은 올 때 그랬던 것처럼 동네 집시인 비토의 호위를 받으며 시집으로 돌아갔다.

혼례를 위한 치장용 장막이 걷힌 집은 당연한 일이겠지만 전과는 달라 보였다. 집은 더 크고 더 이상했다.

시어머니의 표정이 어땠든, 생각이 많아 보였든 웃고 있었든, 인형은 그 얼굴에서 자신이 친정 식구들을 만나 했을 법한 일, 식구들이 캐물어 알고 싶어했을 일들에 대한 나무람을 보았을 것이다.

첫 주와는 다른 그 한 주가 흘러가는 내내, 인형은 고립감은 커지고 자신감은 스러지는 걸 느끼지 않을 수 없었다.

인형은 한번은 시어머니가 자기 방을 비운 틈을 타 창턱에 놓인 쌍안경을 집어들어 눈에 대보았다. 나중에 직접 얘기하기로,

그는 거기서 그리스가 바라다보일 줄 알았다고 했다…… 그리
고 어쩌면 시어머니와 그 친구들의 대화에 등장하던 먼 나라 이
야깃거리 몇몇도 같이 보이지 않을까 생각했다고 했다. 영국 사
람들, 전쟁, 히틀러……

4

우리집 같은 집들을 보면, 적의와 오해가 영원하기를 바라는 마음에 일부러 그렇게 지은 게 아닐까 하는 생각이 들었다. 처음 이런 생각을 한 것은 내가 고작 대여섯 살밖에 되지 않은 때였을 것이다. 나는 싫거나 겁나는 일을 앞두고 곤잘 그랬던 것처럼, 집에서 벗어날 방법을 상상으로 짜내기 시작했다. 나는 우리집 이 더 아담하고, 이층까지만 있고, 출입 금지 밀실도 없고, 굳이 거론하자면 대형 저장실이며 지하 저수조며 감방도 없으면 모든 게 달라지리라고 거의 믿고 있었다.

여러 해에 걸쳐 인형과 할머니의 얼음처럼 냉랭한 관계를 관찰하고 나니, 인형이 시집을 오고 처음 몇 해가 어땠을지 그려보는 건 조금도 어렵지 않았다.

처음 얼마간은 두 여자 사이에 불화의 기미는 보이지 않았다. 하지만 시작이 더디다고 반드시 좋은 징조는 아니었다. 마치 겨울의 문턱에서 아직은 날이 좋아 다행이네, 라고들 말하지만 그런다고 겨울이 오지 않을 거라고 믿는 사람은 아무도 없는 것과 같았다.

냉담과 멸시의 징후는 쌓여만 갔다. 인형 군단—나는 그 정예를 꽃, 음악, 집시 등의 순으로 즐겨 꼽았다—의 초기 패배 이후, 곧 인형의 최후 희망인 비밀 무기의 차례가 왔다. 돈이었다. 하지만 그마저도 곧 끝장날 판이었다.

바로 이 대함락의 와중에 일어난 일은 인형의 항복이 아니었다. 그것은 조금도 예측할 수 없던 사건이었다.

그 일은 놀라움, 두려움, 감탄, 그리고 부끄러움을 동시에 촉발했다.

재판이 벌어진 것이다.

카다레 저택 안에서 벌어진 재판.

해결 불가능한 사건을 둘러싸고 벌어진 재판.

당연히 모든 걸 비밀에 부친다고 부쳤어도 몇몇 친인척 귀에
는 소식이 들어갔다. 하지만 아무도 믿으려 하지 않았다. 사람들
은 그것이 지로카스트라에서 이따금들 치는 장난이라 여겼다.
카다레 집안 사람들이 기왕 감방도 하나 있고 하니 이런 장난을
고안했으려니 생각한 것이다. 마음대로 쓸 수 있는 감방이 있는
데, 그와 한 쌍인 재판을 벌이지 못할 게 무어람?

어떤 이들은 다분히 사회심리학적인 관점으로 사태에 접근했
다. 내 아버지가 법조인들 사이에서 성장한 것이 영향을 주었다
는 말이었다. 바꿔 말하면, 대대로 법조계에 몸담은 집안 출신이
면서도 고작 법원 경위에 머문 한 하급 공무원의 못다 이룬 꿈의
성취 욕구라는 말이었다.

이후의 일은 당장 벌어지고 있는 일이 장난도 착각도 아니라는 사실을 증명해 보였을 것이다. 우리 집안에는 내가 태어나기도 전에 시작된 재판이 계속되고 있다는 걸 나는 커가면서 차츰 깨달았다. 가장 놀라운 사실은 몇 년을 그렇게 지내고 보니 '재판'이 괴기하게 여겨지는 대신 갈수록 더 큰 의미를 띠더라는 것이다.

재판의 내용, 그 발단, 재판관과 피고의 정체성을 둘러싼 의문들에 나는 오래도록 혼란스러웠다. 마침내 내가 이해하게 된 건, 이 재판은 재판관을 내 아버지로 하고 피고를 두 여자―나의 근엄하신 할머니와 그에 맞서는 적수인 인형―로 하여 일정한 간격을 두고 열리는데 거기에선 늘 한 가지 동일 사건만 취급한다는 사실이었다. 즉 카다레 집안을 짓누르는 냉전과 알력. 다른 말로는 고부 갈등.

다른 사람들이 그랬듯이 나도 처음에는 아버지가 제정신이 아니라고 생각하는 편이었다. 그러다 더 지나서는, 아버지가 제정신이고 아니고보다 그의 다른 일면에 호기심이 동했다. 그건 망설임이었다. 이건 재판의 근원적 본질로 이어지는 문제였다. 즉 재판이 열린다는 것은 판사가 이제부터 범인을 가려내려 한다는 뜻이 아닌가. 이 말인즉 아버지가 어느 편으로도 확신 없이 중간에서 오락가락하고 있었다는 뜻이다.

쉽게 생각하면, 간단한 미봉책만 쓰면 끝날 일이었다. 그런데도 아버지는 자기 혼자만 괴로워지고 끝날 일을 하지 않고 망설였다. 퇴근해 집에 돌아와 아내와 어머니의 굳은 얼굴을 마주하면, 우선 젊은 쪽을 나무라고 보는 게 자연스러운 일이었을 것이다. 더구나 그의 어머니는 이미 꽤 오래전부터 18세기, 혹은 더 거슬러올라가 17세기에 지어진 집에서 두문불출하는 존엄하신 카다레 여사이고, 그는 외동아들이며, 아버지 샤힌 카다레는 이미 고인이 된 마당에, 어머니는 시아버지가 그 유명한 유행가 가사에 등장한 시절부터 이미 똑똑한 걸로 온 고을에 명성이 자자했던 사람이 아니냔 말이다⋯⋯

그런데 아들 눈에는 별안간 그 모든 게 대수롭지 않아 보였다. 그가 어머니에게 다시없을 모욕을 안길―어머니와 젊은 아내를 저울 양편에 올려놓고 누가 옳고 누가 그른지를 가려낼―채비를 하고 있었던 걸 보면 그렇다.

우리 아들이 정신이 나갔다. 할머니는 이 말을 소리 높여 외치지는 않았지만, 매주 두세 번씩 꼬박꼬박 우리집을 찾아오던 이모할머니 네시베 카라조지에게 속닥이는 것까지 참지는 않았고, 내친김에 제모 고모에게도 말했고, 다른 친구들도 빼놓지 않았으며, 죽은 이들의 망령에게는 아마 더 시시콜콜한 것까지 일러바쳤을 것이다.

나는 커갈수록 할머니의 고통이 더 이해되었다. 지진이 일어났다 한들, 중간에서 오락가락하는 아버지보다 더 할머니를 뒤흔들어놓지는 못했으리라. 내가 고등학생이 되도록 아무런 해결이 나지 못한 까닭에 나는 이 문제에 계속 골몰했다. 당시 새로 읽은 책들에 비추어 보면, 우리집에서 벌어진 일은 상궤에서 벗어나기도 했지만, 그보다 더 중요하게는 세태의 급변을 알리는 그런 종류의 사건이었다.

한데 나는 할머니가 받았을 충격은 그럭저럭 헤아렸어도, 인형의 심정에 대해서는 영 깜깜했다. 훗날 두 사람 다 세상을 뜬 뒤 이 기나긴 연대기를 다시 떠올렸을 때, 나는 인형이 그 난리의 와중에 아마 자신의 고독한 본성 덕을 보았을 거라 결론지었다. 이미 당시에도 나는, 일본 고전극의 가면이 그러하듯, 냉기와 석고처럼 새하얀 빛과 불가사의의 혼합체로서의 한 인형이 불러일으키는 공포를 때때로 느꼈던 것 같다. 어머니와 암흑이 하나로 뒤섞여버리는 보즈네센스키의 матьматьматьма를 만나기도 전이었건만.

그랬다고 당시 실제로 일어났을 일을 보다 구체적이고 덜 형이상학적인 방식으로 탐색하는 일을 멈추었다는 뜻은 아니다. 어느 때에 이르자, 내 머릿속에는 설명할 수 없는 것을 설명할 무언가가 떠올랐다. 사랑이었다.

만일 다른 누군가가 내용이 무엇이었든 간에 내게 이런 말을 했더라면 나는 아마 하도 기가 차서 뒤로 벌러덩 넘어갔을 것이다. 나는 우리 부모 사이에 금실이랄 게 있긴 한 건지 통 알지 못했고, 그런 만큼 두 사람이 정혼하기 전의 러브스토리라고는 아주 단편적인 것마저도 상상해본 일이 없었다. 어느 날 인형이 내게 따로 말해주기 전까지는 그랬다. 그가 내게 속 이야기를 꺼내

놓은 것은 그때가 처음이었다.

유행에 밝아 차림새가 요란하고 인형에겐 곧잘 골칫거리였던 친척 이즈미니 코코보보가 그날 인형이 내게 전한 이야기가 연애사라 일컬어지는 걸 들었다면 아마 박장대소를 터뜨렸을 것이다. 하지만 틀린 건 이즈미니 코코보보일 것이다.

약혼 전이었다. 도비가의 세 자매가 어느 결혼식에 참석했는데, 하객 중에 인형의 신랑감도 와 있다고 했다. 자매들이 그 남자가 어디 있나 그 집 창 너머로 찾던 중에 한 사람이 말했다. 저 남자야, 까만 중절모 쓴 남자! 인형은 위장이 꼬이는 것 같았다. 신랑감이 키가 훤칠하고 인물이 좋다고 들었건만, 중절모를 쓴 남자는 땅딸보였기 때문이다. 눈물이 왈칵 터지려는데 막냇동생이 소리쳤다. 아니야, 바보야, 그 남자 말고! 저 남자, 오른쪽 맨 끝!

본인의 표현을 빌리면, 인형은 그제야 정신이 되돌아왔다고 했다. 그는 기쁨에 겨워 그날밤 눈을 붙이지 못했다.

이 이야기를 들었을 때 나는 벌써 고등학생이었다. 얼마 뒤 저녁을 먹던 중 내가 말했다. 엄마, 창문으로 아빠를 보고 사랑에 빠진 이야기 해주세요.

인형이 얼굴을 붉혔다. 왜? 그게 사랑인가? 그는 우물거렸다.
당연하죠! 누이와 내가 거의 한목소리로 외쳤다. 첫눈에 반한 사랑! 내가 말을 보탰다. 그렇게 말하던데요. 학교에서 그런 이야기가 나왔거든요. 단테와 베아트리체를 배우다가……

아버지는 남의 이야기가 오가는 것처럼 완전히 딴전이었다.

그 이야기를 우리가 화제 삼은 그때가 처음이자 마지막이었다. 나는 두 사람의 관계가 어떤 것인지 도무지 알지 못했고 상상도 되지 않았다.

세상을 떠나기 얼마 전, 어머니는 내게 당부할 게 있다고 했다. 말을 하는 동안 어머니의 목소리가 쩍쩍 갈라졌다. 어머니는 '그 사람'과, 남편과 합장되면 좋겠다고 했다. 스마일Smail, 웃지 마라! 어머니는 땅속에 혼자 있기 무서워 그러는 거라고 덧붙였다.

나는 어머니의 바람대로 다 될 거라고 약속했다.

그후로 그런 의례를 담당할 때마다(알바니아의 관련 법이 해마다 바뀌는 바람에 간단한 일이 아니었다), 나는 창 너머 한 남자에게 시선이 멎고 그로부터 칠십여 년이 흐른 뒤 그 남자와 한 무덤에 들고 싶었던 사연을 퍽 시시하나마 러브스토리라 부를 수 있을까 하고 나도 모르는 사이 나 자신에게 묻고 있었다.

나는 가면 갈수록 그것이 시작과 끝을 갖춘 엄연한 러브스토리라고 확신하게 되었다. 러시아 시인의 матьма를 닮은, 보다 정확하게는 ть 양쪽에 붙어 어머니와 밤을 결합하는 두 ма를 닮은.

내 생각은 그랬다. 우리 집안의 예의 재판 이야기로 되돌아오면, 사정이 그랬다 한들, 즉 창문과 합창에 얽힌 일화를 하나의 러브스토리로 간주한다 한들, 이 러브스토리가 다른 걸 다 설명할 수 있다 한들 아버지가 재판을 결행한 까닭은 도무지 설명하지 못했다. 아유, 요새는 새댁들이 어찌나 약삭빠른지, 교태며 아양 떠는 법을 갖가지로 터득해서 남자를 크레이프 뒤집듯이 뒤집는다니까…… 할머니는 이렇게 말해놓고 친구들이 자기를 빤히 쳐다보면 쌩하니 방어벽을 치곤 시치미를 뚝 뗐다. 나는 그 교태 이야기가 무슨 말인지 궁금하기는커녕 그 얘기가 필시 인형의 얼굴을 어둡게 하는 데 한몫하는 것 같은 두려움에 소름이 돋았다.

요컨대 내 아버지의 기행은 어떤 낭만적인 사랑이나 여자의 꼬드김의 결과물일 리 없었다. 누구나 인정하겠지만, 세상에서 한때만 잠깐 효력을 발휘하고 마는 것을 하나만 들라면 그건 바로 여자의 유혹일 테니 말이다. 한데 우리집에서 열린 재판은 중단 없는 역사를 써가며 영원히 계속될 기세였다.

똑같은 재판이 열린 지 여러 해였다. 양 적수 중 때로는 이쪽이, 때로는 저쪽이 승리했다. 인형의 광대뼈 위에 말라붙은 눈물 자국이 그가 패했다는 징표였다면 활기찬 발걸음은 그의 승리를 알렸다. 후자의 경우에는 할머니가 악에 받쳐 위층에 틀어박힌 채 몇 날 며칠이고 내려오지 않았다. 커피며 식사도 다 위층으로 날라야 했다. 이런 위기가 닥치면 이모할머니 네시베 카라조지와 할머니의 친구들은 더 뻔질나게 할머니를 찾아왔고, 아마도 망자들의 그림자 또한 그랬을 터였다. 짐작할 수 있는 건 아무것도 없었다. 지금의 저기압이 언제까지 갈지, 이다음 저기압은 또 언제 시작될지. 누가 옳고 누가 그른지를 짐작하는 건 더더구나 불가능했다.

그러던 어느 날, 그야말로 천재일우의 소산으로 그때까지 여러 해 동안 나를 괴롭혔던 문제들이 별안간 명쾌해지는 일이 일어났다.

내가 인형에게 분노를 터뜨린 이유가 무엇이었는지 정확하게는 기억나지 않지만, 아마도 책이었을 성싶다. 누가 책의 정돈 순서를 어지럽혀놓으면 나는 여지없이 화가 폭발하곤 했으니까. 나는 그에게 거칠게 퍼붓고 있었고, 그는 죄인처럼 내 말을 듣고 있었다. 내가 내 책들을 흩뜨리지 않는 것만큼 쉬운 일이 어디 있다고 그걸 이해 못하느냐고 해도, 그는 책 이야기가 나오면 늘 그랬던 것처럼 멍한 얼굴로 나를 빤히 쳐다보고만 있었다. 내가 벌써 두세 번이나 "도대체 어떻게……"해가며 소리친 뒤였을 것이다. 그가 이렇게 대꾸했다. 어쩌겠니, 내가 그렇게 생겨먹은 사람인걸.

그 목소리의 묘한 어감이 내게 와 꽂혔다. 나는 화가 누그러지는 걸 느끼며, 책 정리를 계속하면서 그쪽을 쳐다보지도 않고 물었다. 그래, 그 그렇게가 어떻게인데요?

대답에는 시간이 걸렸다. 내가 되풀이해 묻자 그는 기어들어가는 목소리로 말했다. 그냥 뭐…… 내가 별로 똑똑하지 않다는 건 나도 잘 알아……

아, 그래요? 내가 치받았다. 누구한테 듣고 그렇게 철석같이 믿어요? 이즈미니 코코보보?

나는 그를 보지 않고 이 말을 했다. 그의 눈에 고인 눈물을 보는 게 두려워서였을까.

울음을 애써 참느라 입을 떼기가 힘들었는지 그는 대답하지 않았고, 나는 추궁을 그만두었다.

별안간, 마음의 준비도 없이, 나는 연민이 유발하는 통증을 느꼈다. 그때 내 나이 열다섯이었는데, 정말이지 그가 그 정도로 무대책인 줄은 그때야 알았다. 동시에 눈부시도록 명백한 단서들이 무수히 밀려와 머릿속을 덮쳤다. 내가 이미 우연찮게 감지했으나 나의 의식이 곧바로 내쳐버렸을 단서들. 그것들은 그의 대책 없는 천진난만함, 말하자면 만년 소녀 기질과 관련이 있었다. 그 속에서 그는 수많은 것들을 모르거나 완전히 틀린 방식으로 알고 있었다. 그것이 어쩌면, 인형에게는 고통의 근원이었던 할머니의 명석함을 그토록 돋보이게 한 요인이었을 것이다. 또한 어쩌면…… 사태의 요점, 즉 내 아버지의 불가사의한 결행을 설명하는 열쇠였을 것이다. 아버지는 아마 결혼하자마자 이제막 나를 덮친 것과 똑같은 연민을 느꼈을 것이다. 그리하여 동료들에게 무슨 조언을 들었기 때문도 아니고, 선망하던 판사며 변호사처럼 아버지 자신도 항상 윗옷 주머니에 꽂고 다니던 일간지 〈민주주의〉를 읽었기 때문도 아니고, 무엇과도 닮지 않은 바로 그 타들어가는 듯한 통증에 떠밀려, 삼백 년 역사를 자랑하는 카다레 집안의 관습을 어지르고 거기에 글쎄, 재판정을 세운 것이다!

어머니와 아내 사이의 진실을 백일하에 드러낼 재판. 누가 옳았는지—어머니인지, 아내인지, 두 사람 다인지, 둘 다 아닌지!―판결할 재판.

　법이 명한다면, 인형은 보호받을지니. 그 사람, 남편에게서,
무슨 일이 있어도. 어디서든 영원히. 무덤까지……

5

나는 우리집 구성원들 모두가 집과 제각각 다른 관계를 맺고 있다는 사실을 모르지 않았다. 집과 가장 본질적이고도 실질적인 계약을 맺은 사람은 할머니였다. 할머니는 벌써 아주 오래전부터 집의 둥근 천장이며 보도리며 내력벽과 한몸을 이룬 듯 보였다. 집에 틀어박히겠노라는 할머니의 결심은 천천히, 필연적으로 이루어진 이 합체의 느낌을 배가하기만 했다.

아버지가 체결한 계약은 끈끈한 정도는 같다고 해도 성격은 전혀 달랐다. 끈끈함의 동력은 이젠 아버지 존재의 유일한 열정이 되어버린 일, 바로 집의 보수 복원이었다. 그 밖의 다른 관심

사는 아버지에게는 다 부차적인 것이었다. 이 사실이 모두에게 알려지다보니, 역사 수업 시간에 선생님이 마르쿠스 아우렐리우스 황제의 토목 사업에 대한 이야기를 하자 엘라 라보비티가 건너편 자리에서 나에게 속삭였다. 네 아버지 닮았다, 이 사람!

하지만 시간이 지나다보니, 거기에는 건축 공사 말고 다른 것도 걸려 있다는 생각이 들었다. 그건 아마 권위였을 것이다. 이 관점에서 보면, 아버지가 집을 되살리면서 원했던 건 자신의 권위를 복원하는 것뿐이었다는 걸 유추할 수 있었다.

충분히 예상 가능하듯, 인형이 집과 맺은 관계는 그저 피상적이었다. 방방이 너무 드넓은 데서 오는 당혹감도 가시지 않았고, 싫어했다는 표현까지는 쓰지 않더라도 보수 공사에 대해서도 무관심했다. 인형이 말한 "사람 잡아먹는 집"이라는 표현은, 내가 어렸을 때는 하루하루 천천히 먹히는 쪽과 한꺼번에 덥석 먹혀버리는 쪽 중에서 어느 쪽이 고통이 덜할까 결판을 내리지 못해 호기심을 부추겼지만, 이제는 그 두 경우보다 더 구체적이고 더 극적인 제삼의 의미를 띠게 되었다. 그건 가난이었다.

아버지의 공사 중독이 우리집 가세가 기운 주된 원인이었을 것이다. 아버지를 대놓고 조롱하던 외삼촌들은 때때로 나에게 물었다. 위대한 건축가께서 이번엔 뭘 선보이신다니? 자기 궁궐 안에 개선문이라도 세우시려나?

대답할 말이 없었다. 할머니는 아버지가 공사 때문에 지나치게 속을 끓이고 있긴 하지만 그렇다고 안 하고 지낼 수도 없는 노릇이라고 말했다.

모두가 저마다 집과 계약을 하나씩 맺고 있었건만, 나의 경우는 그중에서도 정의하기가 가장 어려웠다. 그것을 표현할 말이 모자랐다. 아니면 내가 마땅한 말들을 아직 몰랐거나, 그 말들이 아직 생겨나지 않았던 것이리라.

예를 들자면, 엘라 라보비티의 생일날 반 아이들 전체가 찾아간 라보비티 의사 선생의 집은 말로 표현하기가 그렇게 쉬울 수가 없었다. 우리 모두 그 집 실내가 으리으리하고 안락하다고 생각했다. 혹여 우리에게 말로 못 꺼낸 속맘이 있었다 해도, 그건 다만 그 집에서 있었던 독일군들과의 식사 자리에 관한 이야기뿐이라는 걸 우린 알고 있었다. 반면 내 생일을 맞아 반 아이들이 우리집에 왔을 때는 앞선 예처럼 자기 생각을 표현한 아이가 하나도 없었다. 말로 못한 생각이 있었다 한들 그게 뭔지 짐작할 수도 없었을 것이다. 키초 레조가 '감방'이 어디 있느냐고 은근슬쩍 내게 물었던 게 기억난다. 그래서 고갯짓으로 가리켜 보였더니 아버지가 나를 거기에 가둔 적이 있느냐고 되물어와, 나는 없다고 대답은 하면서도 모욕감에 화가 치미는 걸 느꼈다.

누군가 나에게 우리집을 어떻게 생각하느냐고 물었다면, 나는 대답할 말을 찾지 못했을 것이다. 뭐라고 표현해야 할지 모를 느낌이 우선 들었기 때문이다. 우리집의 어떤 부분은 온통 뭐랄까…… 실재하지 않는 것 같았다. 꾸며내는 말이 아니라, 아주 구체적인 장소들이 그랬다는 말이다. 예를 들어 위층에는 '겨울방'이라고 부르는 벽난로 딸린 방에 잇닿은 방이 둘 있었는데, 1936년 마지막 보수 공사 때부터 완공되지 않은 채 그대로 있었다. 나는 공사가 한번 벌어질 때마다 우리집이 방을 한둘 새로 낳기도 하고, 반대로 있던 방 둘을 예고도 없이 삼켜버리기도 한다는 걸 오래전부터 알고 있었다. 들어가지 못하게 임시 출입구에 널빤지 두 장을 십자 모양으로 못질해놓은 그 두 방에 내 마

음이 가장 쏠렸다. 널빤지 사이로는 보도리며 뚫린 창들이 보였
고 오후가 저물 무렵이면 방안으로 부드럽게 스며들어 넘실대던
빛이 특히나 아름다웠다.

　그 방들은 아직 침실이라 부를 수 없는 '못다 한' 존재, '미완
의' 존재, 무명의 태아인 탓에, 집안의 나머지 방들—여름 방, 겨
울 방, 작은 방, 대어전, 소어전—과 달랐다.

　나는 그 방들이 그토록 긴 잉태를 거쳐 드디어 세상에 태어나
는 걸 어서 보고 싶어서 오래도록 안달했다. 그러다 어느 날, 내
아버지가 세상에 존재하며 품은 오직 하나의 소원인 '다음번 공
사'는 이제 더 없으리란 걸 깨달았다.

　할머니는 1953년에 돌아가셨다. 아버지는 1975년에, 인형은
1999년에 세상을 떴다. 우리집도 1999년에 존재를 멈추었다. 지
로카스트라가 독일 점령하에서 영국군의 폭격을 받던 전시에는
공중폭격으로 집이 무너질 수도 있다는 소리를 자주 들었다. 사
람들은 중폭격기에서 폭탄 두 발만 떨어지면 그토록 끄떡없어
뵈는 삼백 년 된 집도 폭삭 무너질 거라고 말했다.

그 시절부터 나는 하늘을 보면 어디선가 영국 폭격기 한 대가 여태 집요하게 목표물을 찾으며 선회하고 있을 것 같았다······

다시 인형의 연대기로 돌아오면, 낙서판으로 애용하던 '미완의 방' 맞은편 벽에 나는 이런 문장을 썼었다. 낙서판에는 잘려 나온 시구, 절대로 잊고 싶지 않았던 2학년 B반 한 여학생의 이름이 같이 있었다.

문장은 이랬다. "이즈미니 코코보보가 없어진다면······" 끝내지 못한 문장이었지만, 그다음을 나는 잘 알았다. 이즈미니 코코보보가 없어진다면······ 인형에겐 마냥 좋은 일일 텐데.

그 말에는 졸렬한 일면이 있었다. 아마도 그래서 문장이 끝나지 못한 채 남은 것이리라. 하지만 졸렬하기도 졸렬하려니와, 그건 무엇보다 어리석은 말이었다.

이탈리아에서 지내다 돌아온 친척 이즈미니 코코보보는 1939년 이탈리아의 알바니아 점령에 항의하는 의미로 유학을 중단한 고

향 여자 몇 명 중 하나였다. 돌아와서는 같은 이유로 지하운동원
이 되더니 결국에는 국가 공직을 얻었다. 지로카스트라로 출장
을 올 때면, 그는 춥고 습한 호텔에서 혼자 빠져나와 우리집에
묵었다. 그럴 때면 그의 넉넉한 웃음과 제멋대로 뻗은 빨간 갈깃
머리에 수도 티라나의 소식도 함께 딸려왔다.

그가 오면 모두 반겼지만 인형은 예외였다. 어쩌면 반대였을
지도 모르겠다. 아무튼 인형이 극구 그 이유를 감추려 했던 두
여자 사이의 냉기류는 갈수록 차가워졌다.

가장 유력한 원인은 이즈미니가 인형에게 깐족대기를 좋아했
다는 사실이다. 하지만 거기서 끝이 아니었다. 인형이 기분이 상
했다는 것이 느껴지면, 이즈미니는 그쯤에서 멈추는 게 아니라
오히려 한층 더 열을 올리며 깐족댔다. 그에게 나쁜 마음이 없다
는 건 우리 모두 알고 있었다. 바로 그렇게, 악의라고는 조금도
없이 무슨 향수 이야기를 나눈 일이 그 냉기류의 발단이었다. 그
건 인형이 무리 없이 낄 수 있는 화제였다. 라벤더 이야기였고,
지로카스트라에서는 향수 하면 곧 라벤더로 통했으니까.

나중에 '독일군 향수 사건'이라 이름 붙일 수밖에 없던 일이 벌어진 날이 생생하게 기억난다. 독일 병사 셋이 와서 무기를 찾는다며 집안을 뒤졌다. 그들이 닥치는 대로 뒤집어엎은 물건들 중에는 할머니의 궤짝도, 지참금을 보관해놓은 인형의 궤짝도 있었다.

　군인들이 가고 나서 잠시 뒤, 인형이 흐느껴 우는 소리가 들렸다. 향수가 사라지고 없었다. 그가 약혼하던 날 친정아버지가 테살로니키에서 입수해 선물한, 가장 비싸고 소중한 향수였다.

　그 일은 오랫동안 우리 기억에 남았다. 그런데 이즈미니 코코보보가 처음으로 그 일을 농담거리로 들먹이며, 인형에게는 이차세계대전 전체가 향수 도난 사건과 동의어가 아니냐고 말한 것이다.

　인형은 그 말싸움에서 사람이 다시 보일 만큼 열변을 토한 것은 아니지만 그래도 이즈미니 코코보보도 자기 향수의 향이, 그러니까 자기한테서 나는 향이 다른 그 어떤 향보다 훨씬 좋다고 생각하기 때문에 그렇게 말할 수밖에 없는 거라고 받아쳤다.

누이도 내 생각과 같았다. 두 사람의 웃기지도 않은 경쟁 관계
는 바로 이런 말이 오간 저녁식사 자리에서 비롯되었으리란 것
이었다.

사실 인형은 회피적이고 조신한 평소 품행과는 딴판인 자기도
취와 오만의 기미를 그전에도 이미 보인 적이 있었다. 그게 유독
눈에 띌 때가 바로 우리가 바바조트 할아버지네를 찾아갈 때였
다. 우리 지역 여자들은 신문물이 아직 청산하지 못한 전통에 따
라 '아빠 집에 갈 때'면 집시 여자를 대동했다. 집시 여자가 짐 일
체를 들고 어린아이가 있으면 아이들을 안고, 마나님은 제 손에
양산 하나만 들었다.

이 역할을 배정받은 두 집시 여자는 우리집에서 멀지 않은 곳
에 사는 제라와 비토라는 모녀였는데, 할일에 대해 사전에 지시
를 받았다.

바바조트 할아버지네로 가는 내내 인형은 자연스러움과는 거
리가 먼 어색하고 작위적인 태도를 취했다. 한편 외가 쪽에서도
삼촌들이 우연히 문간에 있다가 인형이 오는 게 보이면 똑같이

작위적이고 장난스럽고 과장된 인사를 건넸다. 아이고, 어서 오십시오, 카다레 부인!

벌써 오래전부터 사람들은 이 '오만 바이러스'가 인형을 거쳐 나한테까지 옮았다고들 말했다. 그것도 내가 고작 열한 살 되던 해부터.

그게 1947년이었다. 문예지 〈청년 시인〉 편집부가 책 뒤표지에 독자 반응을 실었는데 거기에는 나를 향한 조롱이 들어 있었을 뿐 아니라, 내가 한층 더 웃음거리가 되도록 내 이름까지 내가 원고 아래 직접 수기한 대로 '이스마일 H. 카다레'라고 찍혀 있었다.

불행히도 두 삼촌이 어쩌다 그 빌어먹을 책표지를 보고는 내가 잘난 체하는 카다레 집안의 유구한 전통을 길이 보전하기로 마음먹은 모양이니(그 말인즉 꼭 레프 니콜라예비치 톨스토이라도 되는 양 이스마일 헬롯 카다레라는 이름을 썼으니) 이제부터는 오노레 '드' 발자크처럼 성에 귀족 칭호 '드'를 갖다붙이는 게 좋겠다고, 그러면 이제 이름이 스마일 '드' 카다레가 되겠다고 둘이 거의 한목소리로 말했다. (그 와중에도 성 카다레는 그래도 꽤 고상하지만 이스마일은 유명 작가 이름으로는 영 어울리지 않는다는 사실을 잊지 않고 힘주어 말했다.)

그로부터 이태 뒤, 나는 다시 한번 자기과시가 최악의 결과를 낳은 사건에 말려들었다. 나는 반 친구 하나와 같이 감옥에 갇혔다. 혹자는 우리집 감방을 생각하겠지만 그게 아니라 진짜 감옥, 나라에서 만든 감옥이었다. 내가 틈나는 대로 여기저기 떠벌린 5레크짜리 위조 주석 동전이 탈이었다. 우리는 체육 수업중에 잡혀가 수갑 찬 수감자들과 함께 밤을 보냈다. 사건에 법을 그대로 적용하기에는 우리가 너무 어리긴 했지만, 형식적으로라도 정식 재판정에 서지 않을 수 없었다. 우리 변호사 힐미 다클리가 우리 앞에 자리를 잡았다. 판사가 판결문을 읽었다. 인민의 이름으로…… 내 아버지는 법원 경위로 살아오는 동안 수백 차례 그랬던 것처럼 가만히 서 있었다. 아마 악몽을 꾸는 기분이었으리라. 내가 아버지의 영역을 침범한 건 그게 두번째였다. 바로 얼마 전, 마치 아버지와 경쟁이라도 하려는 양 나는 고료를, 그러니까 돈을 벌었다. 그리고 이젠 감옥행의 위기에 처해 있었다. 더 할 일이 남았다면 아버지처럼 한탄하는 것뿐이었다. 대체 이 집 공사는 언제쯤에나 끝장을 볼는지!

　다시 이태가 지나고 내가 첫 소설을 쓰기 시작한 공책이 두 삼촌의 손에 들어간 어느 날, 두 사람은 내가 잘난 체하고 싶어 환장한 게 틀림없다고 진단을 내렸다. 앞에서도 언급한 것처럼, 공책의 사분의 삼이 이런 종류의 구호로 꽉 차 있었으니 말이다. 금세기 가장 사악한 소설. 얼른 구텐베르크 서점으로 달려가 나폴레옹 금화 세 닢을 지불하고 I. H. 카다레의 위대한 유고 소설을 손에 넣으시라 등등. 정작 소설 자체는 공책 맨 끝 대여섯 쪽만 차지했는데, 그나마 미완성이었다. 선전 문구를 집필하다 지쳐서 글쓰기는 애당초 집어치워버린 것이다.

　그리고 내 첫 시집에 얽힌 일화가 있다. 나더러 티라나로 직접 방문해달라는 출판사의 전보를 받고, 아버지는 뜻밖에도 나를 택시에 태워 보내기로 결정했다. 그런데 이 택시가 곧바로 사람들의 관심사로 등극했다. 여러 사람이 놀랍다는 듯 내게 물었다. 정말 티라나까지 택시를 타고 간 거야? 내 말을 믿지 않는 사람들이 있는가 하면, 택시로 이동하는 것이 이른바 출간 작가의 영예를 구성하는 일부분이라 생각하는 사람들도 있었다.

6

격랑과 격랑 사이에는 집이 한층 더 권태에 빠진 듯 보였다. 겨울이면 다락방에 몰아치는 삭풍의 아우성은 그곳을 조용히 메운 적대敵對의 공기 속에 더욱 두드러졌다. 하지만 할머니는 무릎이 아파 이제 위층에서 내려올 수 없는 몸이고 보니, 할머니가 화가 났는지 아닌지 짐작하기란 여간 어렵지 않았다.

바바조트 할아버지 집에서는 흥미로운 소식이 거의 들려오지 않았다. 다만 한번은 부다페스트에서 큰외삼촌 케말 도비가 편지를 부쳐왔는데, 헝가리 대통령의 이름이 이슈트반 도비인 까닭에 삼촌이 그곳에서 혹 대통령 집안 사람이냐는 질문을 쉴새

없이 받는다고 했다.

나는 연달아 소설 두 권의 집필에 들어갔다. 글쓰기를 향한 실질적인 목마름이 동기가 되었다기보다는 삼촌의 권고를 받아들여 이번에는 스마일로 시작하는 다른 필명을 시험해보고픈 욕망에 등 떠밀린 면이 더 컸다. 그래서였는지, 이번에는 선전 문구를 채 반도 쓰지 못하고는 두 편 다 일찌감치 포기해버렸다.

1953년에 할머니가 돌아가셨다. 할머니의 작고와 함께 '재판시대'라 이를 우리 집안의 한 시절도 막을 내렸다.

할머니의 죽음이 남긴 갑작스러운 공백에 모두가, 누구보다도 인형이 얼이 쏙 빠진 듯했다. 당시 나는 할머니와 인형의 나빴던 관계에 그 어느 때보다 더 골몰했지만, 전에도 그랬듯 누가 옳았는지 가려내는 데는 여전히 실패했다. 허구한 세월이 흐른 지금까지도 나는 그 문제에 대해 더 알아낸 것이 없을 뿐 아니라, 오해와 오해가 치르는 전면전 속에서 진실이라 이를 만한 모든 것이 내쳐질 때 그렇듯이, 내게 그 답을 구할 방도가 아예 없었던 게 아닐까 싶기도 하다.

내 첫 시집이 출간된 시기에 즈음해서, 더 정확하게는 내가 택시를 타고 출판사에 갔던 시절의 어느 날, 인형은 어디서 본 관용어를 쓴답시고 내게 이제 저명인사가 되었느냐고 묻더니, 다른 질문을 하나 더 했다. 그것이 나 같은 부류의 청년들에게 해당하는 질문이라는 걸 내가 이해하기까지는 시간이 조금 걸렸다. 아이들이 그렇게 되면, 그러니까 저명인사가 되면, 어디에 갈 때 저희들 엄마를 같이 데리고 다니니? 나는 무슨 말인지 여전히 못 알아들었다. 어딜 데리고 가요? 내가 물었다. 택시 타고 출판사 갈 때요?

  자기 말을 이해시키기가 어려워지자, 그는 마음이 상해 입을 닫았다.

  그리고 며칠 뒤 그 이야기를 다시 꺼냈다.

  내 말에 주의를 기울이런? 그가 말했다. 너와 얼마간의 협상을 하고 싶구나.

그가 잡지 제목이나 〈라디오 극장〉 같은 방송 프로그램에서 쓸 법한 어색한 언어를 구사한 지는 벌써 좀 된 터였다.

협상요? 내가 되물었다. (양자 간 공식 협상 같은 것인가?)

웃지 마라, 스마일. 이건 중차대한 거야.

꽤 오랫동안 그 협상을 준비했을 텐데도 그는 말을 시작하자마자 길을 잃어버렸다. 그래도 나는 결국 그가 내게 하려던 말의 요점을 포착했다. 그가 어디서 듣기를, 남자아이들은 저명인사가 되고 나면 어머니를 갈아치운다고 했다나!

내 뜻과 무관하게 웃음이 터져나오는 걸 참을 수 없었다.

왜 그런대요? 말해줘요! 내가 물고늘어졌다. 일테면, 저희들 엄마가 이제는 엄마로 적당하지 않아서 바꾼대요?

그만 웃어, 스마일!

그래서, 다른 엄마를 고를까요? 일테면 오페라 가수로? 아니면 학사원 학자로? 그런 헛소리는 누구한테 들었어요? 이즈미니 코코보보?

인형이 눈길을 떨구었다.

나는 부러 더 목청껏 웃었다. 그러는 게 그에게 잘하는 일이라고 생각했기 때문이다. 얼마간 안심이 됐는지, 그도 미소를 지었다.

그런데 어떻게 그런 헛소리를 믿을 수가 있죠, 엄마? 엄마는 정말로 그렇게까지…… 어린애인 거예요?

그는 당황한 가운데에도 미소를 잃지 않음으로써, 그런 이야기를 자기에게 속삭거린 사람이 바로 그 티라나 사는 친척이라는 걸 인정하기를 있는 힘껏 거부하고 있었다.

그랬어도 진실은 이즈미니 코코보보가 얼마 후 우리집에 와 묵었을 때 명백해졌다. 인형은 이번만큼은 솟구치는 화를 감추지 못했다. 이즈미니는 늘 그랬듯 갈등을 피하기는커녕 인형을 있는 대로 약올리며 계속 이렇게 말했다. 도대체 왜 나한테 악감정이 있는 거야? 무엇 때문인지 모르지만 나한테 원한이 있어, 확실해.

아버지는 보통 웃음 헤픈 사람들과 잘 못 어울렸지만 이즈미니가 웃어대는 걸 싫어하는 것 같지는 않았다. 그리고 보아하니 그것이 인형의 역정을 사는 것 같았다. 내가 왜 그쪽한테 악감정이 있어? 인형이 쓰디쓴 말투로 되받았다. 이탈리아 유학 다녀왔다고, 그쪽이 뭐라도 되는 줄 아나보지! 내 보기엔 그래!

이어진 이즈미니의 웃음소리가 하도 우렁차서 웃음과 함께 나온 말소리도, 그에 대한 인형의 대답도 들리지 않았다. 그런데 오가던 대화가 거기서 딱 끊기더니 이즈미니가 말했다. 뭐라고? 인형은 대답하지 않았다. 그러자 이즈미니는 그 조용한 와중에 질문을 되풀이했다. 뭐라고?

구석으로 몰린 인형은 입을 꾹 다물고 있었다.

이즈미니 코코보보의 얼굴이 일그러진 듯 보였다. 엔베르 이 야기를 꺼냈잖아. 이즈미니가 말했다. 더 자세히 말해볼래?

그때 평소에는 그런 상황에서 끼어드는 법이 없던 아버지가 웬일인지 나섰다. 나는 갑자기 준엄한 재판 분위기가 조성되자 아버지의 관심이 확 쏠린 게 아닐까 생각했다. 당신이 엔베르 호 자 이야기를 꺼낸 게 맞잖아. 아버지가 말했다. 나도 그렇게 들 었어.

인형이 특별히 도를 넘는 무언가를 발설했다는 걸, 굳은 채 풀 리지 않는 이즈미니 코코보보의 얼굴을 보고 알 수 있었다. 인형 은 아버지가 다시 이렇게 말하고서야 침묵을 깨뜨렸다. 그래, 무 슨 말이 하고 싶었던 거요? 말해요, 우리한테 설명하라고!

먼 훗날, 인형이 깊이 간직하다 결국 만인 앞에 꺼내 보이고 만 창백한 공포가 과연 어떤 모습이었을까 하고 헤아리다보면, 바로 이날의 일화가 기억 속에 되살아났다.

인형의 해명은 정말 놀라웠다. 내가 하고 싶었던 말은, 저이가 정말로 자기가 떠벌리는 것처럼 그렇게 잘났으면, 엔베르 호자한테 쫓겨나는 일은 없었을 거라고. 왜 그러냐면……

왜 그런데? 아버지가 채근했다. 말해요!

인형이 잠시 우물쭈물하다가 대답했다.

말본새 때문에 그렇게 된 거잖아요.

이즈미니 코코보보의 얼굴이 새하얘졌다.

당신이 지금 무슨 말을 하는 줄 알아! 아버지가 인형에게 쏘아붙였다. 그런 말 같지 않은 말을 왜 하는 거요?

이즈미니 코코보보는 그 역시 인형에게 똑같이 되받아칠 거라는 나의 예상과 달리 웬일인지 침묵하고 있었다.

그럴 때 화제를 돌리는 역할을 하던 할머니가 이제 그 자리에 없기도 했지만(제삼자의 류머티즘이 그럴 때 얼마나 맞춤한 화제인지 그때 깨달았다), 대화가 저절로 잦아든 걸 보면 모두가 방금 나온 말들을 곱씹고 있는 게 분명했다.

내가 아무리 머리를 굴려봐도, 모든 게 말이 안 되는 것 같았다. 말본새 때문에 내쫓겼다는 것부터가 그랬다. 이즈미니 코코보보가 눈에 빤히 보일 만큼 동요하는 것도 그만큼 놀라웠다.

어디서 들은 이야기인지 인형은 내게 끝내 함구했지만, 과거 티라나에서 일어난 엔베르 호자 사건은 대체로 그의 말대로였다. 이즈미니 코코보보는 장래의 국가수반을 지로카스트라에서 청소년기부터 알고 지냈고, 후일 독일 점령기에 티라나의 비밀 모임에서 다시 만나 이따금 그의 집에 식사 초대를 받았다. 하지만 어느 날 경솔한 발언을 했다가 식사 초대는 물론이고 경력에까지 종지부를 찍는 일이 벌어진다. 두서없는 대화가 이어지던 와중에 '당' 이야기, 더 정확하게는 '이런저런 문제에 관한 당의 의견'이 언급됐는데, 그때 이즈미니가 어릴 적 호자와 짓궂게 주고받던 말투 그대로 이렇게 말한 것이다. 아! 당 평계 대기는, 왜 그냥 자기 의견이라고 말하지 않지?

호자는 얼굴이 굳더니 심각한 목소리로 당신은, 즉 이즈미니 코코보보 동지는 당의 역할에 관해 명백하게 잘못된 생각들을 키우고 있다고 말했고, 그것으로 이즈미니와 호자 사이의 문은 영원히 닫혀버렸다.

1953년이라는 해는 처음에는 특별한가 싶더니 나중에는 그저 평범했다. 스탈린의 죽음과 할머니의 죽음, 그 두 차례의 죽음 사이에서, 일상에 구두점을 찍은 사건들이 과연 나중에 기억 속 한 자리를 차지하게 될지 가늠하기란 어려웠다. 그중에서도 시 내 약국에서 콘돔 판매를 개시한 사건은, 금지와 허용을 둘러싼 찬반 논쟁에서부터 이것이 스탈린 사후 정국에서 계급투쟁이 해 이해진 건 아닌지 알아보기 위한 하나의 시험이라는 음모론에 이르기까지 가장 큰 동요를 불러일으켰다.

그런데 이것이 여성 인권(로자 룩셈부르크 등등) 차원에서 소 련으로부터 큰 자극을 받은 결과라는 것이 곧 알려지고, 또 당위 원회측에서도 당원들에게 행여 약국에 발 들이지 말고 그 고무 쪼가리 따위는 부르주아들이나 한층 더 타락하도록 그들 몫으로 남겨두라고 권고할지 말지 영 결정을 못하고 끝내 망설이자, 결국 세상은 질서를 찾고 조용해졌다.

우리집은 뭔가 계속 허전했다. 나는 시집이 출간되기를 기다리는 사이 산문에 도전했다. 이번에는 본글을 시작하기도 전에 나와 내 작품을 찬양하는 글을 수십 쪽에 걸쳐 휘갈기는 일은 하지 않았다. 공책 첫 쪽에 내가 "「이국 땅에서」, 1953년 10월"이라고만 적어둔 걸 보고 있자면 거의 놀라울 지경이었다. 단테처럼 장엄하고 악마적인 작품이라는 선언도, 서점으로 달려가라는 호소도 없었고, 왕정 시대도 아닌데 나폴레옹 금화로 매긴 가격은 더더구나 없었다.

한데 갈수록 이러다 내 시들이 영 출간되지 않는 게 아닐까 하는 생각이 들었다. 어쩌다 누군가가 그 문제를 언급해도, 작품 자체는 안중에 없고 택시 이야기만 했다.

재미있는 건, 이 상황이 나를 겸손하게 만들기는커녕 오히려 반작용을 일으켰다는 것이다. 처음 내게 이런 말을 한 사람은 엘라 라보비티였다. 너 요즘 좀 잘난 척하는 거, 모르니? 이어서 여간해선 입을 여는 법이 없던 한 둔치에게서도 같은 말을 들었을 때는 무슨 일이 벌어지고 있는지 이미 감을 잡았다. 자기 예찬의 구호들, 불과 얼마 전 시작한 소설에서는 자제했던 그 말들이 다시 수면 위로 고개를 내밀고 싶어 길을 모색하고 있었던 것이다. 그러고는 성공했다. 다시 말해 나의 허영은 자리만 옮겨갔을 뿐이었다.

인형도 나름의 상황 인식법을 가진 사람이었던지라(대개는 그것이 상황을 모르는 데 쓰이기는 했지만), 내가 젠체한다는 소문을 들어 알고 있었다. 그런데 그의 머릿속에서는 '유명하다'와 '잘난 체하다'가 똑같은 말이었기 때문에, 이야기를 하다보면 계속해서 그 둘을 혼동했다.

비단 인형만 그러는 게 아니었다는 걸 안 건, 어느 날 친척이자 충직한 친구인 바르딜 B.가 한쪽 눈이 퍼렇게 멍들어 나타났을 때였다. 3학년 C반 아이들과 치고받고 싸웠는데, 그 원인이 내 잘난 척이었다는 거였다.

싸움은, 내가 건방지냐 아니냐에 대해서는 쌍방이 동의한 모양이었고 다른 시비를 가리다가 일어났다. 즉 나에게 건방지게 굴 자격이 있느냐 없느냐가 문제였다. 바르딜 B.의 생각에는 나에겐 그래도 되는 합당한 이유가 넘쳤다. 문예지에 시도 발표했겠다, 그걸로 돈도 벌었겠다, 티라나에 있는 출판사에 원고를 전달하러 갈 때는 택시도 탔겠다, 이틀간 감옥 신세도 졌겠다, 화룡점정으로 2학년 B반 한 여학생에게 연애편지도 두 번 썼겠다.

논쟁은 마지막 두 가지 사실을 놓고 불붙었다. 감옥과 연서. 감옥 사건은, 나의 적들의 견해로는 자랑의 대상이 아니라 내가 부르주아 변호사에게 변호를 받은 만큼 오히려 부끄러워해야 할 일이었다. 그리고 연애로 말하자면, 결과가 승리였는지 실패였는지 명백히 밝혀지지 않았다는 거였다. 실은 전적으로 내 편을 든 바르딜 B.도, 그리고 나도 우리가 하는 말을 완전히 확신하지 못했다. 바르딜 B.가 우리와 친하게 지내던 여자친구 일베레에게 편지들을 대신 전달해주었는데, 그 아이가 울음을 터뜨린 것도 아니요, 신발을 벗어들고 와 내 머리통을 갈기려고 한 것도 아니요, 오히려 "고마워" 하고 인사했으므로 우리 둘은 즉시 그것을 승리로 받아들였다. 반면 적들이 편 반론은, 결국 변변찮은 편지 두 통 보낸 것 말고 뭐가 더 있느냐는 거였다. 그러면서 티라나에서 온 옆 동네 한 남자아이가 같은 반 여자아이에게 편지를 백일곱 통이나 보낸 끝에 알바니아에 있는 모든 학교에서 문전박대당한 이야기를 꺼냈다고 했다.

이 이야기를 나에게 전하면서, 바르딜 B.는 나에 대해 갈수록 불만이 커지고 있다는 걸 감추지 못했다. 내가 처음에는 감을 잡지 못하자 결국 그쪽에서 털어놓았다. 그건 우리가 상당 부분을 공동 집필하고 끝에 OFM* 세 글자까지 박아놓고도 빼버린 자기 예찬 선전문 때문이었다. 그가 말하기를, 문학에 관한 한 모든 게 내 자유이고 내 일이라 자기가 끼어들 바는 아니지만 그래도 명예라는 측면에서는 내게…… 적어도…… 그들, 나의 동지들에 대한 책무가 있다는 것이었다.

그의 말은 횡설수설이 되고 말았지만, 그가 고개를 주억거릴 때마다 줄기차게 내 시야에 들어오는 그 시퍼런 광대뼈가 이해를 도왔다.

감춰보려 애는 썼어도, 나도 사실 죄책감을 느꼈다.

---

* '작은형제회(Ordo Fratrum Minorum, 프란체스코수도회)'의 약자로, 교회에서 펴내는 모든 출판물에 들어간다.

오만에 대한 우리의 토론은 그후로도 수없이 계속됐다. 세상 사람 모두가 그 해악을 논하며, 거만은 신이 내린 재앙이다, 허영은 무능력자들이 앓는 병이다 등등의 말들을 갖다붙여도 우리는 개의치 않았다. 바르딜 B.와 나는 우리 의견이 그들과 근본적으로 다르다는 걸 숨기려 하지 않았다. 거드름 피우는 게 무슨 잘못인가? 그게 누구에게 해를 입힌다는 말인가? 바르딜 B.는 특히 이 두번째 입장을 즐겨 전개했다. 자, 네 경우를 예로 들어보자. 잘난 척은 너를 행복하게 해. 다른 아이들은 질투심에 죽을 지경이지만, 너는 세상 누구도 부럽지 않지. 네가 스스로를 셰익스피어만큼 위대한 사람으로 여긴다고 해서, 그게 그 아이들에게 어떤 피해를 준다는 거지? 그건 오직 셰익스피어와 너, 둘에게만 관계되는 문제잖아. 사실 그쪽은 별로 그렇지도 않지, 죽은 사람이니까 말이야. 그런데 그 아이들이 이 문제에 끼어서 미주알고주알 참견할 일이 뭐야? 안 그래?

그를 가만 바라보고 있노라면, 도대체 어떻게 타인이 이런 문제에 관해 이 정도로 나와 생각을 공유할 수 있는지 놀라울 따름이었다!

잘난 척의 문제는 거기에 혼란의 원인이 되는 다른 요소들, 즉 시, 돈, 감옥 등이 섞여들면서 복잡해졌다. 마치 도저히 풀 수 없는 매듭 뭉치 같았다. 시를 지으면 돈이 될 수 있지만, 제 손으로 만들어낸 돈은 철창에 이르는 길이었다. 시 자체도 감옥으로 이어질 수 있다고 사람들은 말했다. 바로 잘난 척이 그 모든 것의 배후에서 기세를 떨치고 있다는 생각이 어디서나 지배적이었다. 그 생각이 어찌나 널리 퍼졌는지, 인형은 내가 건방지다는 이유로 사람들이 내게 돈을 보내오는 게 아니냐고 물었다.

언제부턴가 집안 구석구석까지 몰이해의 공기가 만연해 있었다. 어느 날, 누이가 마치 중대한 비밀인 양 내 귀에 대고 속삭이기를, 집안 꼴을 이렇게 만든 게 죽은 할머니일지도 모른다는 거였다…… 나는 정신이 나갔느냐는 뜻으로 검지를 내 관자놀이께에 대고 돌렸지만, 누이는 내가 아무것도 모른다고 쏘아붙이고는 성을 버럭 내며 나가버렸다.

모두가 무엇이 됐든 싸울 기회만 보이면 아무것도 아닌 일에도 성을 내며 달려들고 있는 것 같다는 생각이 들 정도였다. 모든 걸 곡해하는 경향은 특히 인형에게서 전에 없을 만큼 심하게 나타났다.

이즈미니 코코보보를 상대로 예상 밖의 승리를 거둔 뒤, 인형은 다시 생각이 많아졌다. 어느 날, 이제는 내 눈에 익은 그 우물쭈물하는 태도로 그가 나에게 다시 얼마간의 협상을 요청한다고 말했을 때(때는 뱌체슬라프 몰로토프와 존 포스터 덜레스 사이의 미소 협상이 지루하게 이어지던 시절이었다), 나는 터져나오는 웃음을 참기가 어려웠다.

역시 엄마 갈아치우기가 화제라는 건 그가 입을 떼자마자 알았지만, 이번에는 어딘가 더 극적인 데가 있었다.

네가 이제 명성이 자자하다고 해서, 나를 몰라할 궁리를 하는 건 아닐 거야, 그렇지?

네? 또 시작이에요? 내가 물었다. 그 헛소리를 또요? 그런 표현들은 또 어디서 주워들은 거고요?

그는 말없이 눈을 내리뜨고 있었다.

나는 그냥 넘어가지 않고, 그 괴상한 동사—몰라하다—가 무슨 뜻인지만이라도 설명해달라고 했다.

그가 결국 대답했다.

나를 내치지 않을 거냐는 말이었어.

아, 모르는 척한다는 뜻이었군요! 이제 알겠네.

나는 또 껄껄 웃고 싶어졌지만, 무언가가 나를 말렸다.

그는 나의 침묵을 내적 갈등으로 해석하고는 이번에는 자기 생각을 끝까지 내보였다. 내가 널 낳았어. 그가 흐느끼며 말했다. 누가 뭐래도 네 엄마는 나고, 너에게 다른 엄마란 없어.

나는 끝내 소리를 버럭 질렀다. 그만 좀 해요, 엄마! 나는 그가 이렇게까지 어리석고 형편없는 사람인 줄은 정말 상상도 못했다고 했고, 대신할 말을 찾지 못한 까닭에, 비록 목소리는 낮추었지만 "바보"라는 말까지 뱉어버렸다.

이즈미니 코코보보가 또 엄마를 놀려먹은 것이 분명하다는 말도 보태려는데, 그가 우리집에 발을 들이지 않은 지가 꽤 됐다는 것이 떠오르는데다, 바야흐로 분노의 파도가 정말로 나를 집어삼키고 있었다.

저런 당치도 않은 말을 어디서 들었는지만이라도 말해줄 것이지! 제발 저런 말로 나를 그만 좀 괴롭힐 것이지!

대체 어떻게 그렇게 어리석고 그렇게 터무니없…… 결국 어렵사리 다시 입을 뗐는데, 평소와는 달리 그가 내 말을 잘랐다.

나는 바보가 아니야.

아! 나는 탄식했다. 그는 내가 그렇게나 발설하지 않으려 애썼고, 뱉어놓고 바로 후회한 그 말을 그새 포착해버린 것이다.

나는 바보가 아니야…… 그가 차라리 맹렬하고 단호한 투로 말했더라면 그나마 나았으련만, 그의 목소리는 겨우 들릴까 말까 했고, 나직했고, 죄스러운 것처럼 들리기까지 했다. 그리고 그것으로는 충분하지 않다는 듯 그가 눈물을 터뜨렸다. 내가 익히 아는 그 눈물, 만화영화 주인공처럼 우아한 눈물, 도무지 참고 봐줄 수 없던 진짜 인형의 눈물.

그 어느 때보다 강도 높은 연민이 마치 칼날처럼 나를 관통했다. 그와 함께 든 생각은, 지금 그가 품은 더없이 강렬하고도 유치한 공포, 즉 배신에 대한 두려움의 원인이 바로 나이리라는 것이었다. 그는 자신의 어리석음만큼 고통받고 있었다.

그의 걱정에 단 1그램만큼의 근거도 없다는 것을 어떻게 이해시킬 것인가? 이 세상에 제 엄마를 다른 고상한 엄마로, 모피 코트를 두르고 영화에서처럼 울적할 땐 피아노를 연주하는 한편 (무슨 '카다레 부인의 수상쩍은 토요일'처럼) 정체불명의 편지를 비롯한 다양한 비밀들을 간직한 엄마로 갈아치울 궁리를 하는 아들들이 설사 존재한다 한들, 그건 그저 일회성으로 소비하는 이야기나 될 뿐, 우리 문학에서는 조금도 인정받을 수 없는 것이었다. 우리에게는 다른 본보기들이 있었다.

그에게 이렇게 설명하기란 불가능하다는 걸 나는 알았다. 그리고 그의 결점들이 내게 제약으로 작용한다고 생각지 않을 뿐 아니라 때때로, 세월이 흐르면서 심지어 더 잦게, 내가 그 결점들을 역이용하고 있다는 사실을 이해시키기란 더더욱 불가능하다는 것도 알았다. 커갈수록 나는 바로 그 지점에, 그 세상 물정 모르는 걱정 속에, 이성일랑 저리 비켜라 할 그 부정확함 속에, 줄여 말하면 한 치도 물러서지 않으려는 그 아이 같은 아집 속에, 어쩌면 사람들이 말하는 나의 글쓰는 재능의 근원이 있는 거라 생각하는 게 좋았다.

아마도 나는 내가 한 어머니의 아들이기보다, 별안간 성장을 멈춰버린 열일곱 소녀의 자식이라고 생각하는 게 좋았던 것 같다.

그런데 내가 점점 자라서, 그가 문턱조차 넘지 못한 열일곱이라는 나이에 가까이 다가가고 보니 그렇게 생각하는 게 쉬운 일은 아니었다. 이후에도 영영 오지 않을 것 같던 날은 기어이 계속 찾아와, 나는 이십대가 되고, 또 그가 영원히 멈춘 채 머문 나이의 곱절을 먹었다.

역전된 세월이 흘러간 자리엔 또다른 혼란이 일었다. 가끔 보면, 사람들이 어머니의 가슴에서 흡수한다고들 말하는 그 모든 것들을 나는 인형이 아닌 다른 이의 가슴에서 전해받은 것 같았다. 그래서 지금 다시 생각하면 기발했던 인형의 비상식, 위아래가 뒤집혀 지금은 재현할 수도 없는 그의 비논리는 내 기억 깊숙한 어딘가에 굳은 채 남았다.

하지만 예의 비상식, 비논리와 동시에, 더 정확히 그것들과는 무관하게, 바로 그 인형의 가슴에서 나는 내가 먼저 말했던 그 느낌, 즉 얼음 같고 석고 같은 모종의 공포도 한 방울 한 방울 주입받았다. 그건 아마도 그가 인간 본성에 문외한이었기에, 인간이 자아내는 공포로부터 나를 보호하려 한 과정에서 생긴 일이 아닐까.

때로는 그의 인생을 힘겹게 만든 모든 것이 나의 창작에 요긴하게 쓰인다는 느낌이 들었다. 나중에는 그가 나에게 도움을 주고자 부러 자해를 택한 거라 여겨질 지경이었다.

그가 어머니로서의 일체의 자유와 권위를 단념하고 순진무구한 인형이 됨으로써, 자유가 그토록 귀해 좀처럼 찾아볼 수 없는 세상에서 최대한의 자유를 내게 마련해준 거라는 생각도 들었다. (독일 점령기에 그가 얼마 되지도 않는 자기 몫의 배급에서 떼어내 슬며시 내게 건넸던 빵조각이 증명하듯……)

이 얽히고설킨 실타래를 어떻게든 논리적으로 풀어내기에는 장애물이 많았다.

그것을 좀더 명확히 주시하려고 시도할 때면(자기 초월을 희구하다 이 고지高地에서라면 생각이라는 것이 발목 잡힐 리 없겠다는 자각이 드는 그런 귀한 순간에나 가능한 일이었다), 찾아올 일이 거의 없는 이 높은 곳에서라야 내가 그것을 설명할 방법을 찾겠구나 하는 생각이 들었다.

그가 이해하지 못한 채 천년이라는 시간도 흐를 수 있었다. 그는 조금의 깨달음도 얻지 못하고 이 세상을 떠날 것이었다.

그는 자기도 모르는 사이, 헛되고도 슬픈 어떤 대립 속에 자리를 잡아버렸다. 한편에는 그가, 다른 한편에는 그 아들의 소위 '예술'이 있었다. 둘 중 하나는 져야 했다.

그는 벌써 자기가 지리라는 걸 알았다.

나를 버리지 말라는 그의 호소는 실상 '너에게 소용이 된다면 나를 버리라'는 말이었다……

그는 그 유치한 플롯을 직접 짜내고는 추후에 그것을 이즈미니 코코보보의 탓으로 돌린 걸까? 아니면 이즈미니 코코보보가 그가 가공한 세계 속에서 자연스레 한자리를 차지하고 있었던 걸까? 인형들 사이에서 벌어지는, 예술과 어머니의 대립.

아마도 영원히 서로를 이해하지 못할 두 개체.

그 옛날 파리의 저녁식사 자리에서, 보즈네센스키는 누가 알아듣지 못하도록 러시아어를 써가며 설명할 수 없는 것을 내게

설명하려 했다. 그와 그의 어머니 러시아의 사이에서 지속되던
몰이해를.

  матьма, 어머니와 한몸이 되어버린 어둠……

7

집이 제가 버려질 것을 예감이라도 했는지, 얼마 전부터 그 징
후가 여기저기서 보였다. 그 가운데 두 가지—밤중이면 삐걱거
리는 보도리와 늘어가는 지붕 누수—가 특히 눈에 띄었다. 집 공
사는 이미 우리 안중에서 없어진 지 오래였다.

처음으로 장학금을 받고 티라나로 떠난 사람은 누이였다. 다
음에는 할머니가 바질리카트로 떠났다. 시립 공동묘지를 관습상
그렇게들 불렀는데, 묘지에 식물 이름을 붙인 건 아마 발칸반도
를 통틀어 유일했을 것이다. 그러는 사이 외삼촌들이 외국 유학
을 마치고 돌아왔는데, 하나는 한쪽 귀가 멀어서 왔고 다른 하나

는 러시아인 아내를 달고 왔다.

나는 책이 출간되고 모스크바 고리키 문학대학 입학 허가를 기다리다 떨어진 후, 티라나로 가서(이번에는 시외버스를 탔다) 거의 홧김에 문학부에 등록했다.

바르딜 B.도 내가 떠나고 바로 고향을 떴는데, 그가 내게 처음이자 마지막으로 쓴 편지를 그대로 믿자면, 내가 떠나고 나니 지로카스트라에서 사는 것이 무의미해졌기 때문이었다. 나는 그의 근황을 수소문했지만 그 시절 이후로 그를 다시 보지 못했다. 그러던 어느 날 그가 블로러로 가서 택시 기사가 되었다는 말을 전해듣고는 내가 나의 의지와 무관하게 그의 진로 선택에 한몫한 것 같아 겸연쩍었지만, 내 왕년의 유명한 양대 사건인 감옥과 택시 중에서 어쨌거나 그가 택시를 골랐다고 생각하니 그 마음이 조금이나마 누그러졌다.

나중에 내가 모스크바에서 돌아온 후, 부모님은 티라나로 이사했다.

두 사람 다 멍하니 정신이 나간 것 같았는데, 특히 인형이 그랬다. 그가 예전에 집이 너무 크다며 썼던 "사람 잡아먹는 집"이라는 표현은 이제 큰 집보다 더 왕성한, 그래서 더 위험한 작은 집의 식욕을 지칭하는 말이 되었다.

그건 시작에 불과했다. 삼 주 뒤, 나는 막 의대에 진학한 남동생과 함께 트럭을 타고 '세간을 챙기러' 집으로 갔다.

진 빠지는 여행 끝에 도착한 그 드넓은 집에서 가져갈 물건을 선별한다는 건 그야말로 악몽이었다. 우리는 이삿짐 부리는 인부 둘의 도움을 받으며, 완전히 무념무상으로 작업에 착수했다. 이제는 기억에서도 사라진 이런저런 물건을 꼭 가져오라는 다양한 요구는 얼마 안 가 끓어오르는 분노에 저만치 밀려나고 말았다. 필요 없는 물건들은 가져가고 값진 것들은 남겨둔다는 생각이 들어서였다. 우리는 '주실主室'의 샹들리에를 떼어내다가 그만 깨뜨렸고, 우리가 인형의 새신붓적 혼수를 사정 보지 않고 함부로 다룬 정도는 이차세계대전 때 쳐들어와 향수를 갈취한 독일군보다 더했다. 고르기 편하고 심지어 재미있기까지 했던 물건은 양탄자, 깃털이불, 누비이불이 다였다. 구리 식기들을 가려

챙기는 일이, 대놓고 말해 괴로웠다는 표현을 순화하자면 가장 성가셨다.

티라나의 집도 책으로 한가득이라 '문화유산'으로 짐을 더 만들지 않겠다고 결심했건만, 그래도 끝까지 못 버티고 '선전 구호가 들어간 소설' 뭉치와 희곡 서너 권, 『맥베스』 필사본, 그리고 선전 문구 없는 유일한 단편 「이국 땅에서」는 공책들을 담은 가방에 함께 넣었다.

돌아오는 길에는 묘한 불안감이 들었다. 집에서 멀어질수록 아무래도 빼먹은 것 같은 물건들이 계속 떠올랐다. 트럭은 갈수록 더 흔들렸다. 컬치라 협곡에 닿았을 무렵 바클라바를 구울 때 쓰는 구리 쟁반이 계곡으로 굴러떨어졌다. 나는 잠결에 쟁반이 낭떠러지를 굴러 저멀리 떨어지는 소리를 들었다. 운전사에게 차를 세우게 하고 내려서 밖을 살폈지만, 어찌해볼 도리가 없었다.

마침 내가 그 쟁반을 챙기는 걸 보고 동생이 물었었다. 그걸 어디에 쓰려고? 대답은 안 했지만, 나는 장차 결혼하면 쓸 일이 있을 거라고 생각했다…… 헬레나를 막 만난 때인지라, 결혼식에서 먹는 파이를 만들 때 쓰는 구리 쟁반과 그녀와의 결혼 가능성을 막연히 연결 짓고는 인부에게 소리쳤던 것이다. 저것도 싸요!

쟁반이 트럭에서 떨어져나가자 뭔가 나쁜 예감이 들었다. 잠시 후 다시 꾸벅꾸벅 잠에 빠져들려는데, 마치 그 커다란 바클라바 쟁반에 내가 말을 걸고 있는 것 같았다. 너 일하기 싫었구나……

우리집에 충성했던 낡은 쟁반이 제 보금자리를 벗어나서는 일하기 싫었던 거라는 생각이 불안한 가운데 스친 것이다. 쟁반은 그런 모욕을 감수하느니 차라리 허공으로 몸을 던지는 편을 택했다.

헛소리! 혼잣말을 하는 한편, 그런 객쩍은 생각을 한 건 아마 방금 벗어난 그 낡은 집과 나 사이의 궁극의 유대가 헐거워졌기 때문일 거라는 생각이 머릿속에서 천천히 부유했다.

자정께에 티라나에 도착하니 우릴 기다리는 건 기대했던 휴식이 아니라 또다른 일, 즉 트럭에 실린 짐 부리기였다. 그보다 하기 싫은 일은 상상할 수 없었다. 물건 일부는 집안에 들어가지도 못했고, 어떤 것들은 벽을 부딪고 긁었다. 마치 겁먹은 고양이처럼 던져놓은 곳에 가만히 웅크리고 있는 인형의 혼수품 말고는 죄다 꼭 마귀 들린 물건들 같았다. 보기에도 무시무시한 고철 가재도구며 포크며 석유등이며 구리나 도자기 그릇들이며 각종 주전자며 냄비가, 건드리기만 해봐라 고함을 내지를 테니 하며 기회만 노리고 있는 것 같았다. 집 전체가 마치 괴물의 수중에 포획된 양 금방이라도 초토화될 것 같은 느낌이 들었다.

인형은 버틸 수 있는 만큼 버티더니 결국 얼굴을 두 손에 파묻고 울음을 터뜨렸다. 그가 우리집의 운명 때문에 흔들리는 모습을 보인 건 그때가 처음이었다.

그 여파는 며칠을 더 갔다. 인형과 아버지에게 특히 더 그랬다. 나를 비롯한 다른 식구들은 집밖에서 폭주하는 사건들의 소용돌이에 휘말려 집일에는 거의 신경쓰지 못했다. 모스크바와의 관계가 하루하루 긴장을 더해가고 있었다. 소련과의 외교 단절이 예상되었고, 내달은 김에 세상의 종말보다 더 경천동지할 일—

소련과의 전쟁—이 당장이라도 일어날 수 있었다.

얼마 동안은 마치 어디서 비밀 지령이라도 받은 것처럼 우리 중 누구도 우리집에 대한 이야기를 입에 담지 않았다. 집에 관한 일은 아버지가 맡고 있었다. 어느 날 아버지는 카페에서 돌아오더니 집을 세주었다고 짧게 말했다. 그러고는 세입자 수에 대해 몇 마디 보태더니, 깊은 한숨을 내쉬며 이런 구체적인 정보를 전했다. 그런데 이 세입자들이…… 전부 그리스 이름이야!

하지만 나는 모스크바에서 유학하던 시절, 침묵한다고 해서 입에 담지 않는 것을 반드시 잊었다는 뜻은 아니라는 걸 알았다.

당시 나는 거대도시에 매혹되어, 내가 옛집도 잊었고, 알바니아 온 나라까지는 몰라도 지로카스트라라는 도시 전체와 티라나까지 내 기억에서 희미해졌다고 확신했다.

문학대학에서 수학하던 중 일어난 사건, 하찮기 그지없지만 바로 그 때문에 신이 개입한 거라고도 해석할 수 있는 한 사건으로 인해 나는 내 존재에 대한 일대 발견을 했다. 그건 소설 한 편에 엮인 일이었다. 그 소설을 쓰고자 하는 나의 욕망은 소명과 죄의식 사이 어딘가에서 흔들리고 있었다. 내가 벌써 어렴풋이 깨닫고 있었던바, 나는 공산주의가 제 제국의 심장부에 문학을 살리기 위해서가 아니라 죽이기 위해서 세운 유일한 학교의 학생이었다. 그러므로 나는 습격과 살육과 불관용을 훈련받고 복무를 명받은 죽음의 병사였다.

그즈음 문청 일각을 가차없이 휩쓸고 간 파스테르나크 스캔들* 에서 채 정신을 수습할 사이도 없이, 반수가 넘는 학생들이 자기 소설을 쓰기 시작했다. 우리는 검은 미사—조이스-카프카-프루스트 삼위三位에 반해 진행된 강의를 이렇게 부를 수 있을 것이다—가 열리는 아침이면 저 셋처럼 쓰지 않는 법을 배웠고, 밤이면 의문에 사로잡힌 채 저들을 모방하는 죄를 짓고픈 유혹을 뿌리치느라 어려움을 겪었다.

---

* 보리스 파스테르나크가 소련 정부의 압력으로 1958년 노벨문학상 수상을 거부한 사건.

바로 그 고뇌를 통해 저들은 우리에게 복수했을 것이다. 하지만 다른 복수와 달리 그 복수는 내게 이로워 보였다.

저들의 저주받은 영향력에서 벗어나기 위한 최후의 수단으로 나는 신기술의 힘을 빌리기로 했다. 글로 쓰는 대신 내 음성을 녹음하기로 한 것이다. 적어도 이건 프루스트도 조이스도, 물론 카프카도 몰랐던 방법이 아닌가. 카프카는 내게 다른 두 사람보다 어딘지 모르게 더 친밀하게 느껴졌는데, 그와 나의 성의 공통된 머리글자 K 때문이었는지도 모르겠다.

우리 대부분은 마치 미리 짜기라도 한 것처럼, 잉태중인 그 소설들에서 제가 태어난 곳을 묘사했다. 도시를, 마을을, 산을, 대초원을, 피오르를, 툰드라를, 심연을.

어떤 이들은 그 묘사에 깃든 노스탤지어에다 모스크바에 대한, 그들을 매혹하여 태어난 곳으로부터 빼앗아오려 한 그 위험한 아름다움에 대한 모종의 저항을 실었다.

나는 그 축에 끼지 않았다. 모스크바의 여인들이, 투박한 소비

에트연합의 중심에 살기는 해도 세상에서 가장 세련된 피조물이라 믿어 마지않던 터라 더더욱 그랬다. 나는 그 생각이 앞으로도 절대 변하지 않을 거라 확신하고 또 확신했다.

그러므로 나는 모스크바를 조금도 혐오하지 않았다. 그러면서도 나 자신도 모르게, 마치 나의 시원의 부름에 응답하듯, 내가 영 잊었다고 생각한 것이 별안간 떠올랐다. 나의 고향.

그래, 너는 나를 잊었던 거야? 그래놓고 이제 와 내가 필요해지니까 내가 있다는 게 기억났어?

하지만 나는 고향이 필요하다고 생각한 적은 없었다. 더구나 교수들도 학풍도 우리에게 고향을 그릴 것을 주문하지 않았다. 그것은 규정보다는 우리 영혼이 모르는 어떤 곡절들에 기인한 것이었다.

만일 고향에게 해명할 기회가 주어진다면 나는 이렇게 말하고 싶었다. 비록 네가 내 앞에 마치 암살당한 왕의 유령처럼 비통하고 장엄하게 우뚝 서 있대도, 그건 네가 그리한 것이 아니라 내가 너를 그렇게 만든 것이라고. 마찬가지로 사람들이 너를 유명 인사만큼이나 미치광이들도 많이 낳은 도시로 묘사했대도, 그게 네 잘못은 아니라고.

이 앞 문장은 소설의 아름다운 시작이 될 수도 있었겠지만, 떠오르자마자 든 생각으로는 아름다운 문장들이 곧잘 그렇듯 왠지 오독될 위험─'그 위대한 지도자가 그곳에서 났다. 이상 끝'으로 읽힐 위험─이 클 것 같았다.

하지만 쫓아버리려 하면 할수록 문장은 아예 머릿속에 자리잡았다. 그 도시가 낳은 것…… 도시…… 사람들…… 이상한 사람들…… 그 도시는…… 전하건대……

어느 오래된 노래의 첫머리가 다가와 나를 그 소용돌이에서 구해주었다.

　지로카스트라, 고귀한 낙인이 찍힌 도시
　도적 셰모의 요람

나는 도적 셰모라는 자가 누군지 전혀 몰랐고, 그가 좋게 기억되는 사람인지 나쁘게 기억되는 사람인지는 더더구나 알 길이 없었다. 하지만 공상 속 주인공이 나라는 생각이 들고 보니, 그

노랫말은 이렇게 돼야 할 것 같았다. 도적 셰모의 요람 그리고…… 나의 요람.

나의 의지와는 무관한데다 여전히 어렴풋한 느낌이기는 했어도, 나와 그 노랫말 속의 도적이 한통속인 느낌이 들었다. 좋게 말해 그와 같은 대중적인 명성은 없었어도, 나 또한 예술의 껍데기를 벗겨먹는 자요, 마치 정예부대가 훈련을 받듯 되도록 효과적으로 죽이는 법을 대학에서 수학중인 문학 강도였다.

마침내 나는 회한 속에서 시간 끌기를 멈추고, 한파가 몰아닥친 모스크바의 어느 밤을 틈타 백지에 내 이름을, 이어서 '소설'이라는 단어를 적었다.

그 즉시 내가 예전에 쓴 여러 소설의 도입부에 대한 기억이, 아니 실은 그 선전문에 대한 기억이, 그리고 그 일부를 공동 집필한 바르딜 B.의 얼굴이 파도처럼 밀려온 건 자연스러운 일이었다. 노스탤지어가 반짝하고 일어났다 사그라진 후, 나는 그 시절을 다신 되돌리지 않겠다는 확고한 결심에 방점이라도 찍듯 '소설' 앞에 '선전 없는'이라는 말을 더하고 싶었다. 즉 전작들과 달리 이번 소설에서 자기 찬양과 허풍은 다 뺄 것이었다.

한편 나의 정신은 무의식중에 소설의 제목을 물색중이었다. 소설이 더블린과도, 프라하와도, 프루스트의 콩브레와도 닮지 않은 그 머나먼 도시를 다룰 것을 모르지 않았으므로 '도시'라는 단어가 권태와 결핍을 전달할 형용사들을 동반한 채 내 머릿속에서 파닥였고, 거기에 '선전'을 빼겠다는 앞선 결의도 곧 따라붙었다. 그러므로 그것은 일단 화단花壇이나 죽 뻗은 대로 등의 무언가가 결핍된 어느 도시였다.

이 생각의 소용돌이 속에서 돌연 '선전'이라는 단어가 소설의 양태—미사여구도 선전도 없는 짧은 소설—와 결별하더니 '도시' 옆으로 옮겨 앉았다.

선전 없는 도시. 깜짝 놀라 내가 금방 적은 제목을 바라보자니, 그보다 더 한심한 제목은 없을 거라는 판단이 이내 섰다. 그러니까 여기서 선전이란 곧 근엄한 지로카스트라에도, 티라나에도, 알바니아 전역 어디에도 없는 번쩍이는 광고판을 이르는 말이 되었다.

나는 그 제목을 줄을 그어 지우고, 완전히 무의미한 열의를 발휘해 새 제목을 물색했다. 도시, 없다…… 없는 도시…… 요컨대 무언가가 없는 도시여야 했다.

그때, 답을 찾은 것 같았다. 택시 없는 도시. 이거다! 하고 나는 혼잣말을 했다. 특별한 거라고는 없어도, 그 제목은 뜻이 통했다. 지로카스트라는 길들이 하도 비탈져서 성벽 안쪽에서는 택시를 이용할 수 없으니까. 다만 예외가 있다면……

모르는 척 내 얼굴을 가려봐야 허사일 터였다. 내가 아무리 기억 못하는 척해도, 택시 일화는 선전문 이야기와 짝을 맞춰 내 청소년기의 전설에서 바로 튀어나왔다. 떠올리기도 싫은 일이었지만, 시집을 낸답시고 온 동네 떠들썩하게 타고 갔던 택시며 바르딜 B.며 그 밖의 일들이, 내가 그것들을 완전히 떠나왔다고 생각한 바로 그 순간 모스크바 한복판으로 나를 찾아왔다.

나는 택시가 들어간 제목에 다시 줄을 긋고 먼젓번 안으로 되돌아갔다. 광고판 없는 도시.

열에 달뜬 생각들이 꼬리에 꼬리를 물고 이어졌다. 심지어 바로 첫 쪽부터 해답이 샘솟고 있는 것 같았다. 늦은 밤, 티라나와 지로카스트라를 오가는 시외버스가 들어온다…… 광고판 없는 도시로. 잠이 덜 깬 승객들 가운데 존이라 불리는 젊은 남자가 권태로운 얼굴로 도시를 응시한다.

소설 「광고판 없는 도시」는 이렇게 시작할 것이었다. 나는 익숙해지려는 듯 한동안 제목을 주시했다.

무언가가 결핍된 한 도시의 이야기…… 그런데 혹 결핍된 것이 '누군가'라면?

다시 관자놀이가 쿵쿵 울렸다.

바로 내가 아닌가, 이 도시에 없는 것은! 나는 하마터면 소리를 지를 뻔했다. 그러므로 이것은…… 내가 없는 도시다!

좋았어, 이제야 제자리를 찾는구나. 바르딜 B.가 있었다면 나무라는 말투로 이렇게 말했을 것 같았다. 너무 당연한 말이지만, 언제나 가장 중요한 건 너야!

내가 있는…… 아니면 내가 없는……

잠깐 동안 두 가지 가능성이 내 머릿속에서 서로 치고받으며 겨루었다. 결론은 당연히 내가 있는 쪽이었다. 권태롭게 도시를 응시하는 청년이 내가 아니면, 혹은 영국의 거장이 말했듯 나 자신의 유령이 아니면 또 누가 될 수 있단 말인가?

나는 마치 유령처럼 내가 모스크바로 떠나오지 않았더라면 남은 생을 눌러살았을 도시로 돌아갔다. 그곳에서 내가 살아갈 삶은 내 삶과 닮지 않은 삶, 어쩌면 그리될 수 있었을 삶이었고, 그랬기 때문에 내겐 유령이 되어서라도 그 삶을 다시 살아야 할 책무가 있었다.

티라나에 정착한 뒤 인형은 그럭저럭 삶의 방향을 잡아나갔지만, 아버지는 도무지 현실에 발을 못 붙이는 것 같았다.

그건 어느 모로 보나 우리집이 없기 때문이었다. 그 집이 아버지에게 그 모든 위엄을 부여해놓고는 이제 와서 '위대한 건축가' 운운하던 칭호들과 함께 싹 거둬가버린 것이다.

아버지는 카페에 갔다가는 침울한 얼굴로 돌아왔고, 신문을 읽은 뒤 자기 방을 나설 때도 보란듯이 그 얼굴이었다.

카페에서 새로 말을 튼 사람들이 내 소식을 묻는 모양이었다. 아버지가 그들에게 뭐라고 대답하는지 나는 전혀 알 수 없었다. 먼 옛날 이름 사건—레프 니콜라예비치 톨스토이 모방 사건— 때문에 내 귀를 잡아당긴 이후, 아버지는 나에게 손을 대거나 큰 소리를 낸 일이 한 번도 없었다.

그렇지만 전전戰前의 옛 문예지들은 부자간의 무정한 적대 관계에 집착했다. 학교에서 상당히 새로운 관점으로 접근했던 〈오이디푸스왕〉 이야기는 갈수록 나를 더 끌어당겼다.

아마도 그들의 영향을 받아, 내가 점점 아버지와 나의 관계를 하나의 계약 관계로 여기게 된 것 같다. 일종의 휴전 상태, 하지만 정작 발발한 적도 없는 전쟁 끝의 휴전이었다.

전쟁이 채 일어나지도 않았다는 것 말고도 우리 부자 관계를 규정하기 어렵게 만드는 것이 또 있었다. 바로 아버지의 심각한 분위기였다. 이미 여러 차례 말한 적이 있지만, 나는 그 분위기가 싫지 않았을뿐더러 심지어 내 취향에 맞는 것 같기도 했다. 이 점에서는 아마 바르딜 B.의 영향도 한몫했을 것이다. 그는 내 아버지의 음울한 분위기가 제 아버지의 유쾌함과는 비교도 안 될 만큼 더 매력적이라고 했다.

어쨌든 우리는 그 문제에 대해 여러 차례 이야기를 꺼냈는데, 그건 우리가 계속 무언가를 정확히 포착하지 못하는 것 같아서였다. 이 말인즉 내 아버지의 심각한 분위기라는 것이 과연 다만 우리 고유의 해석이냐, 아니면 전적으로 외적인 요인이 개입한 것이냐의 문제였는데, 여기서 외적인 요인이란 바로 햄릿 아버지의 유령이었다.

한편에서는 문예지들이 부자간의 적대 관계는 결국 언젠가는 심각한 충돌로 귀결된다며 나의 주의를 끌었다. 모스크바의 반反 데카당스 강의에서는 그런 사상은 "저쪽 진영", 즉 부르주아들의 지지를 등에 업고 있다고 못박았다. 그 개념이 저쪽 세상에서 태어났다는 사실은 우리 입장에서는 매력이 두 배로 뛰는 요인이 되고도 남았다. 그 개념이 "이쪽 진영", 즉 사회주의 진영에서 수많은 공격의 표적이 됐다는 사실에 관심은 외려 네 배까지 뛰었다.

앞으로 벌어질 전투를 기본 전제로 삼는 휴전이라는 개념이 근거가 있든 없든, 어쨌든 그것은 당시 쓰이기 시작한 표현을 빌리자면 내 잠재의식 속에 닻을 내렸다. 아버지가 자신의 칭호를 모두 박탈당한 뒤 상경해 감방만큼이나 비좁은 아파트에 살게 된 터라 더더욱 그랬다. 그리고 나도 이젠 반바지 입은 중학생이 아니라, 학위를 둘이나 소지하고, 책을 쓰고, 그 위험하다는 오이디푸스콤플렉스를 비롯한 많은 것들에 대해 알고 있는 청년이었다.

그 대적의 공기가 잠재하는 것이었든 실재하는 것이었든, 그

속에서 나는 아버지가 휴전 계약을 그대로 수긍할 수도 있지만 파기해버릴 여지도 얼마든지 있다고 생각했다.

파기를 예상해봐도 불안한 점은 눈곱만큼도 없었다. 그런데 나도 모르는 사이 충돌—필수적으로 병참기지, 기습, 공격, 최후의 반격 등을 동반하는—이 가능한 영역으로 들어왔다고 느낀 어느 순간, 나의 호불호와 무관하게 그 길로 곧장 오이디푸스적인 대결 구도 속으로 직행한 느낌도 들었다.

그러던 어느 날, 주간지 〈광명〉의 편집장이 나를 믿는다며, 서구에서 출간된 알바니아 관련 정보를 모은 비밀 교정본을 읽어보라고 건네주면서 조심해주기만 한다면 집으로 가져가도 좋다고 말했을 때, 나는 문득 아버지를 떠올렸다. 비밀을 매장하는 데, 그리고 어쩌면 유해한 글을 파기하는 데 아버지만한 적임자도 없을 듯싶었다.

원고에는 일체의 금서를 일컫는 '황색 문학'을 본뜬 〈황색 소식지〉라는 제목이 붙어 있었는데, '외국에 퍼진 알바니아에 대한 중상모략'을 편집장들이 그때그때 알 수 있도록 그들 앞으로 배포된 것이었다.

아버지가 유독 더 침울해 보이던 어느 날, 아버지를 믿어도 된다는 확신이 선 나는 그에게 소식지를 건네면서 읽은 뒤에는 폐기할 것을 권했다.

아버지가 신문이며 정보지를 좋아한다는 건 알고 있었지만, 잔뜩 찌푸렸던 얼굴이 그렇게 순식간에 정반대로 변할 수 있으리라고는 상상도 못했다. 세상에서 가장 진귀한 선물이라도 받은 양, 그 얼굴에는 고마움과 어린아이 같은 기쁨이 뒤섞여 있었다.

헬레나는 자기 회고록에서 이 금단의 독서 의례를, 아버지가 문을 걸어잠그고 방에 들어가는 순간부터 종잇장들을 벽난로에서 소각하고 남은 재를 검사하는 마지막 과정까지 세세히 묘사했다.

그 일 이후 그의 온 존재가 뒤집혀버린 것이 눈에 보였다. 그는 봉급날이 임박한 가난뱅이보다, 진통제나 모르핀 처방을 기

다리는 환자보다 더 안절부절못하며 내가 집으로 돌아오기만을
기다렸다.

　나이 지긋한 신문 애독자가 갑자기 이 정도로 다른 정보에 접
근하게 된 것이 꽤 별난 일이었으리라는 건 능히 짐작할 수 있었
다. 한데 아버지와 나의 대립이라는 관점에서 봤을 때, 그 〈황색
소식지〉는 우리 사이 전쟁의 흐름을 급격하게 바꿔놓은 비밀 병
기와도 같았다.

　역시 같은 논리선상에서 내가 어느 날 깨달은 건, 내가 이전에
도 무던히 애는 썼으되, 결국 그 오염된 소식지라는 비밀 병기 덕
분에 승리를 거머쥐었을 뿐 아니라 적장까지 포로로 삼았다는
사실이다.

　여러 해가 지난 뒤, 아버지의 권위에 관한 문제를 겪던 친한
친구에게 그때 이야기를 꺼내자, 친구는 조소 어린 표정으로 만
일 프로이트가 아직 이 세상 사람이었다면 아마 제 이론을 수정
했을 거라고 대꾸했다.

내가 오이디푸스와 프로이트에 관해 아는 범위 안에서 나를 가장 매혹한 건 스핑크스였다. 반면 부친 살해의 욕망에 대해서는 별로 믿음이 가지 않았고, 어머니를 향한 욕망은 전혀 믿지 않았다. 판화 속 인물 같은 인형의 자태를 보면 더더구나 생각도 못할 일이었다.

한 해 두 해가 지나면서 그런 생각은 굳어졌고, 그건 마치 어느 독재자의 비밀스러운 약점을 아는 듯한 기분이었다. ('너는 다른 이들을 겁줄 수 있지만, 나를 겁주는 건 네가 아니야.')

그렇게 내게서 위신을 잃었던 프로이트를 갑자기 높이 사게 된 건 모스크바에서였다. 그럴 줄 뻔히 알았지만, 사람들이 어찌나 그를 비방해대는지 내가 슬슬 죄책감이 들 정도였다. 좋아하지 말라는 공식 명령이 떨어진 사람을 내가 좋아하지 않는 일은 드물었다. 태도를 바꿔보려 했지만, 내게는 어려운 일이었다.

나를 고민에서 꺼내준 건 한 소문이었다.

보통 모스크바에서 데카당들이 공격받는 모습은 티라나에서 벌어지는 일과 판박이처럼 똑같았다. 그들은 정신질환자, 패륜아, 매독 환자 취급을 당했다. 하지만 프로이트를 향한 비방은 양상이 달랐던 까닭에, 라트비아에서 온 스툴판츠는 그것을 '저항적 비방'이라 불렀다. 그의 말로는, 스탈린이 프로이트에 대한 공식 입장과는 별도로 비밀 공문을 돌려, 취조중인 작가들을 무너뜨리는 데 그의 이론을 사용하도록 권장했다는 것이다. 이 소문에 "시샘하는 정신의학자"를 겨냥한 안나 아흐마토바의 독기 품은 문장까지 가세하면서, 학내 밀고자들을 향한 분노의 파도가 예상 밖으로 크게 일어나 결국 학교를 휩쓸어버리기에 이르렀다.

아버지는, 내가 그것을 더는 바라지 않게 된 순간 갑자기 내 적의 지위에서 내려왔다.

8

인형은 처음에는 정신 빠진 사람 같더니 곧 티라나 생활에 만
족하는 것 같았다. 외출도 하고, 이 길 저 길 탐험도 하고, 친척들
도 만났다.

나는 그가 그토록 천진한 것이 젊은 시절에 너무 좁은 곳에 처
박혀 지낸 탓이라고 보았으므로, 티라나에서는 그가 달라질 거
라고 굳게 믿었다.

하지만 얼마 안 가 일이 정반대로 돌아가고 있다는 걸 알았다.
그의 천진함은 무럭무럭 자라고만 있었다.

처음 얼마간은, 그런 성격을 가진 사람이 대도시에 오면 무모한 결정을 내리기 마련이려니 생각하고 싶었다. 그게 아니라는 걸 안 건, 그가 그의 인생을 통틀어 가장 심각한 이야기를 내게 걸어왔을 때였다. 나에게 약혼을 권한 것이다!

당시만 해도, 어머니가 자식의 장래 배우자 선택에 훈수를 두는 일이 시대에 뒤떨어진 감은 있어도 완전히 부당한 일로 통하지는 않았다.

어느 날 그가 예의 관용구를 써서 나에게 얼마간의 협상을 요구한다고 말했을 때 나는 그 말만 듣고도 웃었지만, 협상 주제가 무엇인지 알고는 웃음이 봇물 터지듯 터져버려 옆구리까지 쑤실 정도였다. 내 어머니가 내 약혼녀로 점찍은 사람이 있다는 걸 알기까지는 시간이 좀 필요했다.

나는 줄곧 내 귀를 의심했다. 그래도 호기심이 일어 웃음은 그쳤다. 나는 즐겁게 조바심치며 그가 심혈을 기울인 새 작품 공개를 기다렸다. 작품은 나를 실망시키기는커녕 나의 모든 기대를 홀쩍 뛰어넘었다. 나중에 그 일을 다시 떠올릴 때마다, 나는 이 세상 어머니들의 수백만 가지 충고를 통틀어도 그때 그것만큼 한심한 것은 절대 없으리라 확신했다. 간단히 말하자면, 그때 사랑하는 내 어머니의 추천을 따랐다면, 나는 그러니까…… 탕녀와 약혼했을 것이다.

자초지종은 이렇다. 그날 오후, 내가 '헬레니즘 이전 시대'—나는 친구들에게 헬레나를 만나기 이전 시절을 이렇게 일컬었다—에 몇 번 만난 여자가 와서 우리 아파트 문을 두드렸다. 미술계에 출몰하며 이따금 모델도 서는, 그런 되바라진 여자들 중 하나였다. 그 여자를 안 것도 내 화가 친구 집에서 열린 파티에서였는데, 머릿속에서 여자 옷을 벗겨보기도 전에 친구 집 벽에 걸린 그녀의 알몸을 본 드문 경우이기도 했다.

춤을 추다가 우리가 처음으로 나눈 대화의 주제도 그것이었다. 여자는 수줍은 척하는 선정적인 미소를 지으며 누드화 한 점을 고갯짓으로 가리키더니 내게 말했다. 저 여자 어때요? 그러고는 조명이 약하기는 하지만 모델이 누군지 알아볼 수 있겠느냐고 했다. 나는 단도직입적으로 물었다. 당신이에요? 여자는 기뻐하며, 사람들이 자기를 알아보지 못하게 화가에게 얼굴을 좀 만져달라 부탁했노라고 말했다.

여자는 유독 사람을 살살 녹이는 스타일이었고, 인형은 아마도 그 달콤한 목소리에 단박에 홀린 게 아니었을까 싶다. 안녕하세요, 여사님? 스마일이 사는 곳이 여기가 맞나요?

인형은 놀라기는 했지만 여자를 안으로 들였고, 처음 보는 여자의 매력에 이내 정복당하고 말았다.

나는 그가 그렇게 열변을 토하며 누군가를 칭찬하는 걸 그때껏 한 번도 본 적이 없었다. 외모며 태도도 그랬지만, 낯선 아가씨가 쓴 북쪽 지역 사투리는 그가 그쪽에서 지낸 한 시절의 추억을 불러오며 그를 말 그대로 사로잡아버렸다. 여자의 말 중에 유독 자주 등장한 '여사님'이라는 단어가 특히 그랬다.

대화가 끊기고 침묵이 흐르자, 그는 내가 자기 제안을 거절한 거라 짐작하고는 미안해하는 것 같기도 하고 애원하는 것 같기도 한 표정으로 나를 바라보며 이렇게 입을 뗐다. 그런데 나는…… 내가 보기에 적당하겠다 싶은 게 뭐냐면…… 보아하니…… 그렇게 싹싹한 아가씨라면……

엄마, 내가 말을 끊었다. 무슨 말을 하려는 건지 다 알아들었어요.

내 말을 제대로 들어보지도 않았잖아.

무슨 얘기를 더 들어야 하는데요? 내가 대꾸했다. 말도 안 되는 소리를 하고 있잖아요.

너희는 내가 무슨 말만 하면 그렇게 말하지.

그간의 재미가 갑자기 싹 가시는 기분이었다.

그를 울리지 않는 것이 급선무였다.

처음에는 이렇게 말할까 했다. 엄마, 그 여자가 꼭 엄마가 아까 받은 인상 그대로는 아니에요. 하지만 이렇게 설명하다가는 대화가 어려워질 것 같았다. 무언가 더 간단하고 쉬이 알아들을 수 있는 말이 필요했다.

  그게, 엄마, 그 여자가 엄마한테는 싹싹해 보이겠죠. 그런데⋯⋯ 뭐라고 해야 하나⋯⋯ 그 여자 사는 방식이 조금⋯⋯ 퇴폐적이에요. 이 말뜻 알아요?

  그는 그 단어를 이해한 것 같았지만, 그렇다고 크게 놀란 것 같지는 않았다.

  나는 그 '아가씨'에게는 죄를 짓는 기분으로, 그녀가 이런 말까지 들을 필요는 없을 텐데 싶은 수식어를 써가며 인물 묘사에 들어갔다. 인형이 알아듣도록 말해야 한다는 조바심에 각종 형용사를 열거하던 와중에, 나는 그런 부류의 여자들, 콕 집어 말하자면 소위 화류계를 전전하는 여자들을, 다른 분야에선 찾아볼 수 없는 갖가지 뉘앙스까지 담아 지칭하는 알바니아어 어휘가 얼마나 풍부한지를 새삼 발견했다. 라틴어, 켈트어, 비잔틴어, 심지어 오스만어 말법까지 그런 여자들을 통해서 우리 말에 스며든 게 아닌가 싶을 정도였다. 그런데 그때 우리가 처한 상황에는 왜 오스만어가 가장 적합할 것 같은 느낌이 들었는지는 나도 잘 모르겠다.

알겠어요, 모르겠어요? 나는 목소리에 힘을 주어 소리쳤다. 나더러 거리의 여자랑 약혼하라는 거예요? 엄마가 원하는 게 정확히 뭔데요? 그런 며느리를 보고 싶은 거예요? 잠깐 동안 마흔 번가까이 엄마를 '여사님'이라고 불러줬다는 이유로요?

나는 여자를 지칭한 저 너절한 표현이 그의 이해력의 범위 안에 드는지 알 수가 없어 더 할까 하다가, 그의 눈물을 보지 않은 걸로 만족하고 내 독백을 그냥 거기서 끊기로 했다.

헬레나는 회고록에 우리집에서의 첫 점심식사 장면을 담았다. 그건 그녀와 우리 부모가 서로 처음 만난 자리이기도 했다.

그로부터 꽤 여러 해가 흘렀어도, 그 일요일 아침나절을 내 방에서 함께 보낸 뒤 헬레나에게 불쑥 이런 말을 던졌을 때 내가 과연 무슨 생각이었는지 지금도 잘 모르겠다. 더 있다가 우리랑 같이 밥 먹지 않을래?

점심을? 헬레나가 놀라 대답하더니 그러고도 두세 차례 더 물었다. 그런데 왜? 어떻게?

우리가 만난 건 벌써 몇 주 전부터였지만, 양가 부모에게 서로를 소개한다는 생각은 한 번도 해본 적이 없었다. 헬레나와 내 누이는 다른 자리에서 몇 번 봐서 알고 있었고, 남동생하고는 계단에서 딱 한 번 마주쳤었다.

왜냐고? 내가 되물었다. 그럴듯한 이유를 대고 싶었지만, 찾다가 실패하고 이렇게 대답했다. 그냥, 괜히……

나는 더 지체하지 않고 방에서 나와 인형에게 가서는 친구가 점심을 먹고 갈 거라고 말했다.

누구? 금발 아이? 인형은 보통 때처럼 지로카스트라에서, 그중에서도 금발을 높이 사는 오랜 가문들에서 익히 쓰는 표현인

'밝은색 머리' 등의 완곡한 표현을 쓰지 않고 시쳇말로 물었다.

나는 그것을 내 여자친구가 인형의 마음에 들었다는 표시로 여겼고, 이는 헬레나와 까다로운 우리 일가친척이 서로 화합할지 못할지는 우선 헬레나의 머리색에 달렸다는 내 직감을 확인해주었다.

그런데 보니까 또 그게 아니었다. 인형의 얼굴에 모종의 냉기가 서려 있었다. 자신의 선택이 문전박대당했다는 쓸쓸한 뒤끝을 여태 간직하고 있다는 증거가 분명했다. 그는 일이 그렇게 된 게 헬레나 때문이라고 생각했을 것이다.

인형은 자기가 식사 이야기를 '그 사람'에게 알려야 하느냐고만 내게 물었다. '그 사람'이란 아버지였다.

당연하죠. 내가 대답했다. 다 같이 점심 먹자고요.

그때가 고작 정오였고 식사는 두시에나 시작되니, 필요하다면 뭘 더 준비할 시간이 남아 있었다.

헬레나는 불안감을 감추지 못했다. 나는 그녀의 사기를 북돋우기 위해 카다레 집안 사람들의 기벽 몇 가지를 일러주었는데, 일부는 인형의 천진난만함과 관련된 것이었다. 그 와중에 '모델'에 얽힌 이야기도 들려주면서, 그때 '여사님'이라는 말에 인형이 엄청나게 감명받은 바 있으니 그 말을 슬쩍 흘려보는 게 현명한 처사일 거라고 농담조로 덧붙였다.

점심을 먹기 조금 전, 우선 나 혼자서 분위기를 파악하러 갔다. 아버지는 옷차림으로 보나 표정으로 보나 여지없이 '알고 있었다'. 남동생이 내게 속삭댔다. "헬레나가 와?" 나는 고개를 끄덕여 그렇다고 대답했다.

시계가 두시를 알리자 우리는 내가 앞서고 헬레나가 뒤선 채 식사 자리로 갔다. 바르딜 B.가 있었더라면 아마도 알바니아 사교-문학계 관습의 일대 혁신일 뿐 아니라 나아가 제퍼슨의 독립 선언이나 우리가 바로 얼마 전 문학 수업 시간에 배운 독일의 질풍노도운동에 비견할 만한 사건이라고 평했을 자리였다.

아버지가 자리를 이끌었는데, 여전히 '계엄'중이어서 그랬는지 몰라도 그 어느 때보다 침울한 모습이었다. 인형은 그런 자리에서는 늘 그랬듯이 초연과 무심이 뒤섞인 표정을 짓고 있었다. 누이는 영문 모르게 뭔지 모를 죄책감에 사로잡혀 있는 듯 보였다. 자연스러운 태도를 유지한 건 남동생 하나뿐이었다.

"안녕하세요, 여사님." 헬레나가 자신 없는 목소리로 인사했다.

나는 터져나오려는 웃음을 참았다. 인형은 인사를 못 들었거나 못 들은 척했다. (나는 내심 그가 못 들었으면 했는데, 슈코더르에서 왔던 여자의 달콤하고 명랑한 목소리에 비하면 헬레나의 목소리는 인형에겐 그냥 무미건조하게 들렸을 것이 뻔했기 때문이다.)

그런데 인형이 새것으로만 고른 접시들을 식탁에 내려놓던 한순간, 나는 그의 얼굴에 내가 익히 아는 표정이 휙 스쳐지나가는 것을 보았다. 저 까다로운 표정! 하고 나는 하마터면 소리칠 뻔했다. 할머니의 그림자. 어쩌면 예비 시어머니의 그림자……

식탁에서는 대화가 잘 이어지지 않았다. 헬레나와 남동생이 학생으로서 대학 학칙 개정에 대해 하나 마나 한 말을 주고받은 것을 빼면 겨우겨우 이어붙인 파편들뿐이었다.

내가 이럴 거라고 했잖아. 옆에 앉은 헬레나에게 내가 속삭였다.

그녀가 끄덕였고, 그것만으로도 나는 안심이 됐다.

우리는 내가 헬레나에게 이미 언질을 준 카다레 집안의 한결같은 썰렁함을 상대하고 있었다. 다만 이번에는 그 냉기에 정당방위의 여지가 있었다. 모두의 눈빛에 이런 질문들이 떠다녔다. 이 여자는 대체 누구야? 여기서 뭘 하고 있는 건데? 이 식사 자리의 의미가 뭐야?

드문드문 인형 쪽을 흘긋거릴 때면 그의 생각이 마치 귀에 들리는 것 같았다.

저 아이 때문에 가슴이 뛰는구나, 그렇지? 내가 보니 그래. 난 알아!

나는 그렇게 잠깐 동안 인형과 상상의 대화를 나누었다. 여기 우리 헬레나, 꽤 예쁘지 않아요? 외모를 논하자면 헬레나는 흠 잡을 데 없었다. 먼젓번 여자보다 더 예뻤다. 더구나 인형이 극장에서 보고 반한 여자들처럼 금발이었다.

긴장한 탓인지 생각이 자꾸 끊겼다. 나는 이렇게 소리치고 싶었다. 그렇게 샐쭉한 얼굴들 할 필요 전혀 없어요! 그냥 밥 먹는 거라고요. 일단 여기 와 있는 젊은 여자가 내 여자친구이기는 한데, 이건 우리 둘 사이의 문제지 당신들하고도, 다른 누구하고도 무관한 문제예요. 알아들었어요, 들?

이렇게 생각하고 났더니 별 이유도 없이, 밖으로 터뜨려버린 것처럼 화가 누그러지는 것 같았다.

생각이 계속 소용돌이쳤다. 하지만 그 모양은 달라졌다. '저 먼' 드넓은 저택에서 저녁식사를 하던 시절 이후 하고많은 해가 흘렀다. 인형이 시어머니의 자리를, 헬레나가 인형의 자리를 차지했다. 이제 내가 아버지의 역할을 꿰차는 것만, 두 여자가 서로 대결할 때 법관 역할을 할 일만 남았다. 하물며 아버지는 백기를 들어 투항하고는 위대한 토르케마다*의 자리를 박탈당한 사람 아닌가…… 돌고 돌아 처음 그곳으로 돌아갈 수도 있었다……

밥 먹는다고 진이 다 빠졌어. 방으로 돌아왔을 때 내가 헬레나에게 말했다. 아무래도 당신을 데려간 게 잘못이었나봐.

아니야. 헬레나가 "안녕하세요, 여사님……"하고 말했을 때처럼 주저하는 목소리로 대답했다.

만일 나중에 누군가가, 그 점심식사 자리가 겉보기엔 그렇게 엉터리였어도 실은 모종의 저의를 품고 있었다고 말했다면, 나는 그의 면전에서 코웃음 쳤을 것이다.

이 여자 누구야? 여기서 뭐하는 거야? 이런 상황은 왜 만든 거야? 등등 질문은 쇄도했으나 누구도, 헬레나와 나부터도 숨기고 말고 할 것이 없었다. 이 말이 더할 나위 없는 진실인 까닭은 당

---

* 에스파냐 최초의 종교재판소장.

시 우리 자신도 아무것도 아는 게 없었기 때문이다. 우리는 속셈도 비밀 계획도 전략도 없이 그 식사 자리에 뚝 떨어졌다.

그러다 나중에, 재미 삼아 해본 생각이었는지 아니면 정신분석을 다룬 책을 읽은 여파였는지 몰라도, 나는 결국 우리가 우리 자신도 모르는 채 아직은 어렴풋한 약혼이라는 전망에 대비해 움직이면서 다른 식구들까지 함께 이끌고 들어간 게 아닐까 생각했다.

장차 다가올 결혼의 밑그림이 지로카스트라 저택의 그 주인 없는 방들처럼, 그렇게 태어날 법하지 않은 채로 그 엉터리 식사 자리의 무대 하부에 몸을 숨기고 있었을지 모른다는 생각이 날이 갈수록 더 강하게 들었다.

아직은 받아들여질 수 없어 말이 되어 나오지 않은 바람들이, 그리고 헬레나의 머리칼에 파묻힌 채 머릿짓에 따라 반짝였다 잦아들었다 번갈아들던 머리핀의 광채가, 이제 꽃으로 피어나려고 몸을 떠는 한 사건의 첫 봉오리였다.

9

우리는 앞으로 하게 될지도 모를 약혼에 대해 대화를 나누며, 만일 그것을 현실화해야 한다면 일체의 관습은 거부하자고 의견 일치를 보았다. 헬레나가 약혼이라는 가장행렬을 이미 한 번 겪은 터라 더 그랬다. 카페, 작가 모임, 극장, 레스토랑에 이르기까지 우리가 공공연히 함께 다니는 일이 갈수록 잦아졌다. 이제 남은 건 호텔뿐이었는데, 그 한 걸음도 더 지체하지 않고 곧 내디딜 듯싶었다.

나는 모스크바에서 '데카당스에 관한 수업' 시간에 들은 '벨 에포크'의 분위기에 관한 이야기를 헬레나에게 해주다가, 유명

작가들과 공공연히 어울리던 유명한 고급 창부들 이야기도 들려주었다. 그런데 이 이야기의 면면을 그녀가 얼마나 좋아했던지 한번은, 나중에 자기 회고록에도 썼지만, 자기 가족들과 언쟁을 벌이다가 누군가 그녀를 몰아세우며 "그래, 그 인간 정부 노릇을 하고 싶은 거야?" 하고 묻자 끝까지 우기며 이렇게 응수했다고 한다. "그래, 그게 내가 원하는 거야, 그 사람 정부 되는 거!"

그 일요일의 점심식사가 이 모든 흥분을 촉발했다는 것엔 의심의 여지가 없었다.

그 흥분의 한가운데 내가 구태라고 여긴 단어가 도사리고 있었다. 약혼. 나는 약혼이라는 걸 누구 못지않게 비방해온 사람이었다. 더구나 이런 시도 썼었다. "나는 그대에게 약혼을 약속하지 않으리라…… / 그것은 허튼 계획으로 충만한 것 / 결혼과 결혼생활의 약속은 더구나 하지 않으리라 / 그것은 줄무늬 잠옷만큼이나 밋밋한 것." 헬레나는 이 시를 보고 내게 찬탄을 보냈었노라고 했다.

나의 시들이 마치 보복이라도 하듯 우리에게 되돌아오고 있었다.

누가 카페 플로라에서 네가 그 문학부 여학생과 같이 있는 걸 봤다던데, 약혼할 사이야? 그런가 하면 헬레나에게는, 모스크바에 갔다 온 그 남자랑 극장에 같이 간 걸 누가 봤다더라, 축하해! 더 나쁜 경우로는, 예전 약혼자랑 다시 만난다며? 끝이 좋으면 다 좋은 거야, 행복을 빌어!

우리가 약혼만 해도 뒷말이 이루 말할 수 없이 무성하리라는 감이 왔다. 헬레나의 처지에서 보면 성사 여지가 있는 약혼과 깨진 약혼, 두 가지 약혼이 우리를 졸졸 따라다니며 괴롭히고 있었다. 설상가상으로 레스토랑 라볼가의 바이올린쟁이는 헬레나 때문에 자기 바이올린을 산산조각내버리겠다고 부르짖었고, 문학부 학생 둘이 펜대를 꺾어버렸다는 소문도 들렸다.

그래서 우리는 약혼이 갈수록 더 싫어졌다. 그러다, 이젠 정말 약혼을 무시해 치워버리고 싶은 욕망이 어느 날 우리를 새로운 발견으로 인도했다. 이 단계를 생략하고 바로 다음으로 넘어가는 것. 결……혼으로!

한데 곧바로 바로 이 결혼이라는 제도에 대해서도 내가 그간 악담을 써젖혀왔다는 사실이 떠올랐다. 누가 내게 이렇게 말한 대도 할말이 없었다. 그래서 지금은, 그 줄무늬 잠옷 등등에 대한 생각은 어찌되셨나?

하지만 되돌아가기에는 이미 늦었다. 우리가 할 수 있는 일은, 그냥 살던 대로 버티든지("그 인간 정부 노릇을 하고 싶은 거야?"), 아니면 관습에 굴복하고 곧장 그…… 저…… 그 단어가 뭐였더라, 사람들 말로 곧 헐릴 거라는 티라나 시청*이 떠오르기도 하고, 역시 분리가 진행중인 소련**이 떠오르기도 하는 그 단어가, 아무튼 일종의 결합을 향해 곧장 나아가는 것, 그 둘뿐이다…… 하지만 아니, 무슨 일이 있어도, 그건 남들이 생각하는 그런 결혼이 아니라 우리가 소망하는 다른 형태의 결합이어야 했다.

실은 우리도 우리가 무엇을 원하는지 잘 몰랐다. 준◆결혼, 남

---

* 알바니아어로 '시청'을 뜻하는 bashki는 '결합'을 뜻하는 단어 unim에서 왔다.
** 알바니아어로 Baskhim sovietik. (원주)

다른 결혼, 결혼 비슷한 중간 단계의 그 무엇…… 그랬다. 그냥 그런 것을 하고 싶었다.

우리의 결심을 확고히 하기 위해, 그리고 사람들이 절대로 우리 계획을 학생들의 치기로 치부하지 못하도록, 우리는 급기야 패기만만하게 그 그냥 그런 것에 그보다 더 실제적일 수 없는 날짜를 부여했다. 10월 23일.

그리하여 시적 고양, 로맨틱한 달밤, 부서진 바이올린 따위는 안중에도 없이, 청첩장에 명기할 우리 결합의 구체적인 날짜, 시간, 장소로 넘어갔다.

10월 23일이라는 날짜를 알리자 양쪽 집안에서는 유례없는 난리가 났다. 왜 그날이며, 왜 그렇게 서두르는 건데? 양쪽 집안이 충분히 이야기를 나누지도 않았는데 어떻게 대사를 그렇게 결정할 수가 있어? 그 10월 23일은 대체 어디서 나온 날짜야?

솔직히 말하자면 날짜는 순전히 찍듯이 고른 것이고, 거기에 숨은 뜻이나 상징적인 의미라고는 조금도 없었다. 심지어 헬레나의 시험이 연기되었다거나, 다른 무엇이 지연되었다거나 하는 등의 외적인 요인조차 없었다.

하지만 아무도 그 말을 믿지 않았다. 털어놓지 못했을 법한 갖가지 이유가 도마 위에 올랐다. 양쪽 집안이 제각각 이쪽이 모르는 걸 저쪽은 알고 있으리라 확신했다. 급기야 어느 날 밤 헬레나의 어머니가 얼굴이 하얘져서 여학생 기숙사에 들이닥치더니 거두절미하고 딸에게 묻기를, 혹 더는 감출 수 없는 비밀이 있어서 그걸 합리화하려는 것이 아니냐 했다나……

의혹이 모두 해소되었을 때, 이젠 당시 쓰이기 시작한 말마따나 '긍정적인 생각'으로 모두가 심기일전하겠지 하는 바람을 품었다. 하지만 그런 일은 일어나지 않았다. 양가 사이의 교류가 늘어나는가 싶더니 이제 두 집안의 걱정은 우리, 즉 나와 헬레나의 관계로 쏠렸다.

우리가 가족들의 걱정을 산 건 현대적인 결혼을 하겠노라고 여기저기 자랑스레 천명하고 다녔기 때문이다. 그 여기저기란 식당, 친구들과의 모임 자리, 그리고 내가 낸 책 두 권이었다.

(알바니아어판을 보강해서 두번째 책이 모스크바에서 러시아어로 번역 출간되었는데, 책을 번역한 다비트 사모일로프는 유대인인데도 떠도는 말로 '공주님'—사람들끼리 몰래몰래 쓰는 스탈린 딸의 별명이었다—과 결혼을 약속한 사이라고 했다.)

그러므로 우리는 다른 걸……혼을 하겠다는 약속을 지켜야 했다. 말이 쉽지!

나는 이천 살이 넘은 신화를 건드린다는 게 무얼 의미하는지 그제야 처음 깨달았다. 물론 가능한 일이기는 했다. 하지만 의례 자체보다 더 오래됐다고는 못해도 의례만큼이나 오래된 반反의례를 거치지 않고서는 불가능한 일이었다. 즉 납치를 거치지 않고서는.

무엇 하나 허용된 것이 없는 이 나라에서 납치는 참 신기하게도 무슨 역병처럼 창궐했고, 특히 집단농장 안에서는 더했다. 납치된 여자들, 사연인즉 약혼을 하고도 집안의 허락을 받지 못한 여자들이 전쟁터에 우수수 떨어지는 포탄만큼이나 흔했다. 그러니 결혼의 시작으로서의 납치는 그만큼 일상화되어 있어 추문거

리조차 되지 못했다.

'새색시'…… '니벨룽겐'…… '사자死者와의 합일'…… 나는
잊으려 애썼다. 그리고 내가 그동안 빈정댄 것들에 대해 회개하
다시피 했다. 다른 건 차치하고 우선 동정童貞에 관한 것부터.

시간이 성큼성큼 앞으로 나아갔다. 헬레나와 나는 기본 조항
에 합의했다. 첫째, 양가 가족들을 '대사'에서 배제한다. 둘째, 헬
레나의 학교 친구들과 나의 작가, 예술가 친구들이 양가 가족을
대신한다.

헬레나의 친구들은 이 이야기를 듣고는 놀라 입을 다물지 못
했다.

바르딜 B.의 부재가 아쉬웠다. 그가 있었다면 분명 이 일을 당
시 구체화되고 있던 유럽연합 창설이나 그 비슷한 사건과 동급
으로 치며 세계사적인 궤도에 올려놓았을 것을.

우리 쪽 식구들에게 우리 둘의 계획을 알리는 것은 그다지 어렵지 않았다. 인형은 내가 하는 말을 넋 나간 사람처럼 듣더니 아무 말도 하지 않았다. 아마도 놀람과 거부의 표현을 아버지에게 일임한 모양이었으나, 아버지가 여태 〈황색 소식지〉의 권능에 좌지우지되고 있다는 사실을 그는 몰랐다.

헬레나는 자기 쪽 구시 집안 사람들에게 아직 입을 떼지 못하고 있었는데, 침묵이 오히려 의혹을 키웠다. 저쪽 사람들은 곧 추문이 터질 거라며 걱정했다. 그러다 헬레나에겐 더 기대할 게 없다며, 그녀의 아버지가 직접 나서서 비밀을 밝히기로 작정했다는 이야기가 들려왔다. 그는 내 아버지가 매일 아침 커피를 마시러 가는 카페를 수소문해, 제일 좋은 옷을 차려입고 찾아가 왕조 시절부터 써온 명함을 카페 탁자에 내려놓았다. 명함엔 이렇게 쓰여 있었다. 파블리 구시 박사, 약사.

대화를 시작하기는 쉽지 않았다. 외향적인 편이었던 헬레나의 아버지는 상대방의 표정 없는 얼굴과 마주하곤 이중으로 꼬여버린 상황을 타개하느라 곤욕을 치렀다.

그는 조심스럽게 운을 뗐다. 불쑥 찾아뵐 뜻은 없었습니다
만…… 아이들이 둘 다 어리기도 하고…… 또 그렇다보니 아직
철이 없는지라…… 아이들 앞길에…… 글쎄요…… 양쪽 집안
이…… 말씀드리자면 부모 된 입장에서……

그러다 상대방이 전혀 못 알아듣거나 못 알아듣는 척하고 있
다는 걸 마침내 깨닫고, 그는 말투를 바꾸었다. 아마 아드님과
저희 딸아이 일을 알고 계실 텐데요……

나중에 들은 이야기지만, 그는 내 아버지 성격을 들어 알던 터
라 불만 섞인 부정의 대답이, 일테면 이런 대답이 돌아오리라 불
안하게 짐작하고 있었다. 난 아무것도 몰라요, 그런 소문 따위
상관 안 합니다.

그런데 돌아온 대답은 놀랍게도 전혀 달랐다.

압니다.

나중에 두 사람의 대화를 세세하게 재구성해보던 우리는 내 아버지가 바로 이 "압니다"를 입 밖으로 꺼낸 순간, 하마터면 일 찌감치 뚝 끊겨버릴 수도 있었을 이날 대담의 운명이 정해졌다고 한목소리로 동의했다.

두 사람 사이에는 실제로 무슨 일이 일어났을까?

아마도 두 사람은 저마다 저쪽에서 노기 띤 말이 날아올 거라고 예상했을 것이다. 일테면, 댁의 아들더러 우리 딸아이 좀 가만 내버려두라고 하세요. 혹은, 이것 보세요, 박사님, 날 찾아오기 전에 딸 감시를 좀 잘하시지 그랬습니까 등등. 그런데 어느 순간 마법의 주문처럼 발화된 이 "압니다" 한마디에, 말은 물론이고 아주 고약한 심산까지 가던 길을 되돌린 것이다. 즉 한 사람이 다른 한 사람에게 자신이 박사학위 소지자라는 사실을 상기시키려던 심산. 상대가 배움은 짧을지언정, 악마와의 직접 계약에 비견될 만한 〈황색 소식지〉의 애독자라는 사실도 모르는 채.

내 아버지의 "압니다"는 단순한 정보 이상의 농밀한 뜻을 담고 있었다. 그 말은 저 일요일의 점심식사로 이어지고, 점심식사 자체는 식사를 함께하는 행위가 품은 신화로 이어지며, 여기서 신화라 함은 그저 먹는 행위를 훌쩍 뛰어넘어 초대객들에 대한 신뢰와 포용으로 이루어진, 보다 상위의 개념이 각인된 것이기 때문이다.

헬레나는 우리와 함께 식사를 했었고, 그러므로 아직 말로 표현하지는 않았으나 헬레나와 카다레가 사람들 사이에는 눈에 보이지 않는 유대가, 어딘지 모를 지역의 가장 깊은 곳까지 거슬러 올라가는 유대가 존재한다는 뜻이 암묵적으로 전달된 것이다.

헬레나는 자기도 모르는 사이, 정식으로 초대받은 약혼자의 특권을 고스란히 누린 것이다.

그런데 내 아버지를 만나고 뜻밖의 긴장 완화에 고무된 구시 박사는 카다레가 사람들과의 의기투합 가능성을 과대평가하고 말았다.

혼자 흥분에 사로잡힌 박사는 "사정이 이렇게 되었으니"라는 모호한 말로 일단 운을 뗀 후, 무엇을 어찌하면 좋을지 우리가 함께 머리를 맞대고 생각해야 한다는 듯 약혼, 갖가지 준비, 지참금, 반지 등등 세세한 사항을 하나하나 차례로 입에 올렸다.

새 주제가 하나씩 등장할 때마다 내 아버지의 얼굴은 마치 세상에서 가장 무서운 말을 듣기라도 한 것처럼 흙빛이 되었다. 저쪽에서 그걸 눈치챘을 때는 이미 늦었다. 상황을 되돌리려 애써봤자 헛일이었다. 박사가 만남을 시작하며 들을 준비를 하고 있었던 퉁명한 말들이 대화 막바지에 등장했다. 그런 일들은 내 소관이 아닙니다. 저희 아들과 이야기하시지요.

두 사람의 처음이자 마지막 대화는 그렇게 완전한 불통으로 끝났다.

헬레나 집안의 분파가 저쪽 집안에서 오간 말이라며 수집해온 정보도 영 신통치 않았다. 박사가 사윗감의 아버지와 서로 통할 거라 믿은 건 큰 잘못이었다. 카다레 집안에 정신 말짱한 사람이 없다는 건 익히 알려진 사실이 아닌가. 열두 살 난 아들에게 돈을 빌리는 아버지를 그전에 또 어디에서 보았나? 일 년 지나 감옥 신세를 진 그 아들은 또 어떻고? 그러더니 그 아들이란 자가 혼자서 고향을, 그것도 택시를 타고 떠나서는 이러구러 시인까지 되더니 시집을 내겠다고 하는데, 그 시 한 편의 제목이 '처녀성을 척결하라!'라니, 동정이 무슨 미 제국주의라도 된다는 말인가?

견디십시오. 이제는 어쩔 수가 없어요. 더구나 따님이 아무 말도 들으려 하질 않으니, 신의 섭리에 맡기는 수밖에요.

우리 가족의 상황은 전혀 달랐다. 가히 철학적인 접근과 결부된 쓸데없는 노스탤지어가 한창이었다. 그건 어렴풋한 가책, 나아가 지로카스트라에 팽개치고 온 집에 대한 죄책감의 산물이었다. 그 집은 거의 삼백 살 먹도록 결혼식을 그다지 많이 지켜보지 못했건만, 겨우 이 년 되어 아직 석고 벽도 마르지 않은—혹은 흔한 표현을 빌리자면 젖도 못 뗀—새파란 아파트가 결혼식 볼 날을 손꼽아 기다리고 있었으니 말이다.

그로부터 얼마 안 가 습관처럼들 쓰게 될 말법을 빌리자면, 인류학적인 관점에서 보아 그 가책은 정당했다. 우리 집안에서 있었던 결혼식 가운데 개중 최근이라 사람들 기억에 남아 있는 것이 할머니에 이어 인형의 결혼식이었는데, 첫번째가 1895년, 두번째가 1933년의 일이었다. 그러고는 한 번도 없었다.

이참에 우리는 결혼식을 못 볼 이들을 꼽아보았다. 외할아버지 바바조트, 할머니, 그리고 할머니와 떼놓고 생각할 수 없는 이모할머니 네시베 카라조지도 얼마 전 작고한 후였다. 두세 차례에 걸쳐, 특히 이제는 URAPS(약자를 해독하자면 '사회주의 제과식품 지역연맹'쯤 되는 것 같았다)에 주문해야 하는 결혼식 파이 이야기가 나왔을 때 커다란 바클라바용 쟁반 이야기도 등장했다. 하지만 못내 아쉬워하는 정도는 아니었고 그냥 지나가는 말로, 제대로 밝혀지지 않은 상황에서 결국 세상을 뜬 어떤 노부인들의 죽음을 떠올리듯 거론되었을 뿐이다.

10

모두의 예상을 뒤엎고, 결혼식은 과연 10월 23일에 열렸다.

나는 모든 알바니아 결혼의 한가운데에는 원한이 자리잡고 있다는 걸 관찰을 통해 알고 있었다. 그것은 예식의 세 단계 중 어느 때고 한 번은 어김없이 수면 위로 튀어올랐다. 즉 식전이든, 식중이든, 식후든.

우리 결혼은 불만의 시간이 왔음을 알리는 종이 제3막, 예식이 끝난 직후 울린 경우였다. 두 집안 사이에 비할 데 없는 오해가 불거진 것이다. 우리는 그만큼 막무가내에다 몰인정한 오해에 대해서는 어느 정도 마음의 준비를 하고 있었지만, 그 규모가 그렇게 커져버리리라고는 상상도 못했다.

불만과 분노가 도무지 예측할 수 없는 방향에서, 엥겔스 인용에서부터 아이슬란드 속담에 이르기까지 예상 못한 형태로 우리에게 전해졌다. 카다레가 사람들이 광인로에서 이사오고부터 제 정신을 찾았다고들 생각했을지 모르지만, 이것 봐, 정반대지, 그 사람들 완전히 정신 나갔다니까…… 카다레가 쪽은 그렇다 치고, 구시 집안 박사께서는 어떻게 그걸 다 받아들였담? 그러게, 이런 말이 괜히 있는 게 아닌 것이…… (그뒤에는 라틴어나 몽골어로 된 속담이나 금언이 이어졌다.)

내가 전통을 무시한 것에 대한 보복 같은 그 분노 바이러스에 나까지 감염된 모양이었다. 장모님 말인데, 사위가 어머니라고 부르는 소리를 못 들어서 마음 아프시다며 기차에서 우는소리 좀 그만하셨으면 좋겠다……

헬레나는 내 말에 어쩔 줄 몰랐다.

우리가 결혼하고 가시 돋친 말을 주고받은 건 그때가 처음이었다.

우리 엄마가 기차에서 우는소리를 한다고……? 헬레나가 나를 빤히 쳐다보면서 되물었다.

한바탕 전쟁을 치른 뒤 종전의 분위기가 조성되고, 양 진영은 손실 집계에 들어갔다. 10월 23일이라는 날짜는 "서사시로의 편입을 꾀했다"는 평을 얻으며 보편적 결혼학의 한 장을 구성할 것이 분명했다. 그러고 나니 우리 결혼을 대대손손 전하는 데 필요한 비결을 손에 쥐고는 기념비적인 허풍을 섞어 그 본문을 집필할 수 있을 유일한 사람, 바르딜 B.의 부재가 그 어느 때보다 아쉬웠다.

카다레 집안은 구성원 대부분이 이미 이 세상 사람이 아닌 까닭에 어디 뚫고 들어갈 구석이 보이지 않는다는 제 이점을 십분 활용하면서, 삼십여 년 전 강적 도비 가문을 쓰러뜨린 것처럼 이번에도 별 어려움 없이 구시 일가를 상대로 승리를 거두었다. 구시가의 협상 시도도 헛일이었고, 시에서 가장 존경받는 약학박사 학위는 더더구나 쓸모가 없었다. 사실 저쪽 집안의 생존 가능성이란, 독일이 폴란드와 프랑스를 접수한 뒤 갑자기 무턱대고 스위스 정복에 나설 경우 스위스가 버텨낼 가능성만큼이나 전무했다.

전쟁의 상처와 참화는 얼마 안 가 패자 진영에서 가시화되었다. 그중 다른 건 거론할 것도 없이 가장 심각했던 일은 구시 박사에게 두 차례 닥친 심장 발작이었다.

얼마 뒤, 살던 아파트를 처분하고 더 작은 아파트 두 채로 나누어 이사했다. 티라나 도심에 바로 마주보는 집 두 채를 구한 터라, 인형에게 와닿는 분가의 여파도 한결 가벼울 수 있었다. 하지만 인형이 한시름 놓은 진짜 이유는 다른 데 있었다. 무언가를 바꾸기는 했지만, 그 대상이 어머니가 아니라 고작 아파트였다는 것.

당시 두 집의 분위기는 한껏 들떠 있었다. 이사를 돕는다며 거개가 작가와 화가인 내 동료며 친구가 줄줄이 들이닥쳤는데, 그들을 따라 또다른 동료며 친구가 꼬리에 꼬리를 물고 오고 또 오는 식이었다.

그들 대부분은 공산권의 대분열로 인해 학업을 중단하고 귀국한 유학생들이었다.

열정, 유머, 심지어 슬픔이 자아내는 매혹이 집을 한가득 메웠다. 슬픔이 더해진 이유는, 한편에선 친구들의 외국인 약혼녀들이 알바니아에 발이 묶여 고국으로 돌아갈 길을 찾지 못했고, 또 한편에선 갑자기 귀국할 수 없게 된 연인들이 돌아오고 싶어도 못 오고 있었기 때문이다.

화가들은 부엌 찬장에다 저희 색채를 시험했는데, 공식적인 건 아니라도 정부의 단속 대상에 들어 있던 것들을 특히 더 그렸다. 다른 이들은 서재와 침실을 맡고서 그 틈을 타 헬레나 골리기에 여념이 없었다.

우리 모두 하도 바빠서 바깥세상에서 일어나는 일은 거의 생각하지 못했다. 하지만 긴장감은 손에 잡힐 정도로 고조되고 있었다. 라디오를 틀기만 하면 곧바로 끄고 싶어졌다. 한편 우리집 지붕 아래 갇힌 케르베로스 같은 존재, 〈황색 소식지〉의 투쟁 의지는 날로 커져만 갔다.

어디나 난리법석인 와중에 아버지의 과묵함은 특히 두드러졌다. 어떻게 그렇게 아무도 모르게 밖에서 돌아와 자기 방에 틀어박혔다 또 나갔다 할 수 있는지 정말로 신기했다. 반면 인형이 그렇게 신바람 난 모습은 생전 처음 보았다. 그는 양쪽 집을 쉬지 않고 열심히 오가며 모두를 위해 커피를 만들었고, 모든 이의 관심이 자기에게 집중되는 데서 오는 행복감을 굳이 숨기지 않았다. (저기, 이스마일 어머니, 이 색깔 마음에 드세요? 세탁기 자리로 저기 어떠세요? 제가 방해하는 거 아니죠, 이스마일 어머니? 죄송해요, 뭐라고 말씀하셨어요, 이스마일 어머니?)

어느 날, 인형이 저멀리서 어딘가 익숙한 실루엣과 손을 잡고 있었다. 그러더니 그 여자의 목소리가 들려왔다. 스마일, 나 카다레 여사님을 다시 만나 너무 기뻐요!

여자가 인형의 손을 끌며 내 쪽으로 다가왔다. 인형은 눈을 내리뜨고 있었는데, 그건 죄책감을 느끼고 있다는 뜻이었다.

카다레 여사님은 정말 사랑스러우세요. 같이 얘기 나누면 우리 둘 다 정말 좋아요.

압니다. 내가 대답했다.

인형이 내가 성난 기색인지 확인하려고 고개를 들었다.

성나기는커녕, 나는 그 여자에 대해 그토록 나쁘게 말해댄 것이 후회되어 가슴이 뻑뻑했다. 여자는 아마도 어느 화가의 여자친구, 모델, 혹은 정부의 역할로 함께 왔을 텐데, 그것이 이 손 저 손을 거쳐간다고 해서 가혹하게도 "거쳐가는" 여자라 불리는 그런 여자들의 운명이었다. 하지만 또 어떻게 보면 결국 시인이나 화가의 손이 그녀들의 몸에 머물기 전에 시구 속에서 혹은 캔버스 위에서 그녀들에게 생명을 부여한다는 점에서 남들보다 운좋은 여자들이라고 말할 수도 있을 것이다.

여자에게 내 생각을 전할 시간도 방도도 없던 나는 그저 내가 찾지도, 그렇다고 드물지도 않게 취하는 행동을 슬쩍 해 보이기만 했다. 나는 손을 뻗어 여자의 머리칼을 스치며, 때로 친밀함을 나누는 순간이면 여자들이, 보다 정확히는 여자들의 머리칼이 자체적으로 분비하는 듯한 그 특별한 손길을 전했다.

한편 나는 새로 발견한 인형의 재능에 놀라지 않을 수 없었다. 하루는 그가 피로 마니의 말을 귀기울여 듣고 있었다. 나는 그가 티라나에서 가장 잘나가는 연출가와 대체 무슨 대화를 나눌 수 있을지 의문이었다. 연출가는 그에게 종이 한 장을 보여주며 바리톤의 목소리로 말했다. 날 믿으세요, 우리 어머니, 이 공연은 새 역사가 될 겁니다! 여기 두 층으로 된 무대가 있어요. 하나는 괴물, 즉 목마의 뱃속이고요, 여기 아래, 목마 발치 쪽 다른 무대에서는 라오콘이 군중과 싸우는 거죠.

나는 그제야 연출가가 〈괴물〉의 무대연출을 설명하고 있다는 걸 알았다. 나는 그 원고를 편집자에게 보내기도 전에 그에게 건넸었다.

여기요, 아시겠죠, 우리 어머니? 장엄한 전쟁 신이 될 겁니다…… 아, 왔군. 어머니께 우리 차기 공연을 설명해드렸어. 연극에 대해 아주 특별한 감을 가지고 계시는데, 알고 있었어?

웅, 그래, 그렇지. 나는 이렇게 대답하고는 인형을 바라보며 그가 무엇을 이해했는지 떠보았다.

그는 처음에는 대답을 피하더니, 내가 재차 묻자 결국 우물우물 말했다. 그거야 뭐, 난장판이지…… 그렇잖아, 요즘 사람들, 이젠 머릿속에 그 생각밖에 없잖아. 서로 싸우는 거.

나는 나중에 몇 사람만 모인 자리에서 이 일화를 전했다. 인형은 마치 자기 이야기가 아닌 양 딴전을 부렸다. 누군가가 내 동료 작가 드리테로 아골리가 노인들과 의사소통하는 재능이 특출하니 내 어머니와도 아주 잘 통할 거라고 했다. 동생의 생각은 달랐다. 그는 인형이 그 대화에 집중한 건, 다만 그만큼 무슨 말인지 못 알아들었기 때문이라고 말했다.

인형은 여전히 못 들은 척하고 있었다.

어느 날 다른 연출가, 이번에는 영화감독이 나에게 "어머니하고 말을 텄는데……" 하며 말을 걸었을 때, 옆에서 듣던 동생이 거의 이렇게 소리지를 뻔했단다. "또 시작이야!"

K. 카슈쿠는 외국어 어휘를 과하게 쓰는 걸로 유명한 사람이었다. 그가 대로변 공원 벤치에 앉아 있던 인형을 만났다. 인형이 때로는 혼자, 때로는 자매들과 함께 '구경거리' 관람차 자리를 잡는 곳이었다.

그참에 카슈쿠가 내게 전한 것처럼, 인형은 연극 말고도 공원 앞에 있는 다이티 호텔에 대단히 관심이 많았고, 공식 연회가 있는 날이면 특히 그랬다. 리무진, 차에서 내리는 외국 귀부인들…… 그 부티에 홀린 것이다.

그 옛날 우리 소규모 원정대가 집시 여인 비토의 호위를 받으며 지로카스트라를 가로질러 바바조트 할아버지네로 향하던 시절의 어렴풋한 기억에 비춰봐도 알 수 있듯, 그에게 내재해 있던 멋부린 차림새와 자기과시에 끌리는 성향이 잿더미 속에서 되살아나고 있는 모양이었다.

그가 연극에 끌렸던 것도 아마 그 옛날—그 유명한 독일군 향수 갈취 사건으로 거슬러올라가는—부터 그를 꾸준히 소외했지만 그의 비밀스러운 상상의 나래—'카다레 부인의 수상쩍은 토요일'로 대변되는—속에서는 그의 석고 인형 같은 면모에 직접 자양분을 댔을 '멋'이 좋아서였을 것이다.

화창한 날이면, 그는 아무에게도 일언반구 없이 한껏 곱게 차려입고는 발걸음도 가볍게 대로 방향으로 길을 나섰다.

비 내리는 날이면 다른 곳에 드나들었는데, 만일 우리 친구 하나가 우리에게 그 사실을 전할 생각을 안 했더라면 짐작도 못했을 곳이었다. 친구가 정말 우연히 그를 본 건 문화회관의 드넓은 로비에서였다. 그는 안락의자 하나를 차지하고 앉아, 도서관과 넓은 카페가 있는 이층을 오르내리는 사람들을 관찰하고 있었다고 했다.

누군가를 기다리는 중이냐고 묻자 인형은 아니라고, 자기는 거기서 "눈에 광을 내고 있다"고 대답했는데, 친구는 그런 표현은 들어본 적이 없거니와 어떻게 해석해야 할지도 몰랐다고 한다.

이 정보 말고는 그에 대해 무언가를 더 알아내지는 못했고, 그가 때로 슬그머니 극장에 드나든다는 의심은 품었을지언정 증거는 도무지 얻을 수 없었다.

시내 전경을 한눈에 볼 수 있다면, 뤼지 구라쿠키 대로의 줄기 둥에서 시작해 문화회관, 아버지가 매일 아침 커피를 마셨고 인형은 자기가 들키지 않기를 바라며 지났을 시계 카페, 저 멀찍이 내가 자주 드나들던 작가클럽 옆에 있어 역시 그가 눈에 띄지 않았으면 하고 찾았을 국립극장, 그리고 미술관, 마지막으로 다이티 호텔까지 이어지는 그의 사교 생활 지도 또한 한눈에 그려볼 수 있었을 것이다. 그가 혹 누가 뒤따라오는 건 아닐까 불안해하며 훑고 다니던 그 길의 지도를. 따라오는 이가 아버지인지, 나인지, 혹은 자기 자신의 분신인지 정작 본인도 모르는 채⋯⋯

11

아버지가 삶의 마지막 순간을 살고 있다는 걸 짐작할 수 있었다. 몸도 아직 곧게 가눌 수 있었고 체격도 전처럼 늘씬하긴 했지만, 죽음은 그의 발걸음에 족쇄처럼 매달려 있었다. 장송곡이 저세상을 향하는 발걸음에 박자감을 부여하는 건 우연이 아니라, 죽음이 무엇보다 속도의 문제라는 걸 상기하라는 뜻인지도 모른다.

죽음이 카다레가 사람들이 가장 득세할 곳으로—땅속으로—갈 수 있는 유일한 길이었을 것이다.

후에 이런 생각이 다시 떠오를 때면 그때마다 피타고라스에 관한, 그리고 손에 쥘 수 없는 것의 힘에 관한 무의지적인 기억이 나를 스치고 지나갔다. 어딘가에 도달할 수 있을 성싶다가도, 나를 실어다줄 것 같던 생각의 날개가 곧장 부서져버렸다.

나는 선전문만 요란했던 내 몽상 속 옛 소설들을 신랄하게 자조했고, 모스크바에서 열린 창작심리학 세미나에서는 그 글들을 거론하며 급우들의 대소大笑를 유도하기도 했다. 그러면서도 그 글들이 내용도 형태도 없어 눈으로 보고 손에 쥘 수 없는 상태라는 사실에 엄청난 이점이 있다는 생각은 못했다. 그것들은 범접할 수 없었다. 그리고 그 상태에서는 무엇도 그 글들을 해할 수 없었다.

여태 생성이 진행중인 그 소설들이 가진 장점에 대해 역시 농담조로 논하던 중, 교수가 대화에 끼어들며 음악계에서 일어나는 일과는 달리 열두 살의 나이에 문학을 논하는 것은 불가능하다고 못을 박았다. 열네 살에도 불가능하다고.

그 말에 나는 조금 슬펐다. 아직 태어나지 않은 문학의 미덕을 조금이라도 더 오래 믿고 싶었기 때문이다. 요컨대 어릴 적의 나는 오직 꿈속에만 존재하는 자유를 그 문학에 빚졌던 것이다. 그 자유를 통해, 셰익스피어라는 이름의 옛 영국 사람이 쓴 『맥베스』가 나를 이토록 사로잡았으니 그 영국인과 나는 특권적인 유대로 맺어진 사이라고 믿어버린 것이다.

그의 마력은 잦아들기는커녕 더 자라나기만 해서, 내가 그의 글을 필사하기 시작했을 때, 그러다 바르딜 B.와 그러던 것처럼 그와 상상 속에서 티격태격하기 시작했을 때, 셰익스피어와 나는 가까운 사이를 넘어 친인척과 다름없는 관계가 된 거라고 생각하기에 이르렀다.

나는 그런 속내를 바르딜 B.에게 털어놓았고, 그는 보기 드물 만큼 감격에 겨워했다.

그 영국인의 무언가가 성에 차지 않을 때 흥분해서 길길이 뛰는 나의 성향마저 우리 둘이 보기에는 그와 내가 다만 하나라는 사실을 부인할 수 없이 증명하는 듯했다.

다만 하나야. 바르딜 B.는 그전엔 한 번도 못 들어본 목소리로 거듭 말했다.

나는 거기에 그치지 않고 일단 내가 좀더 자라면, 다시 말해 나의 재능이 무르익으면, 열과 성을 다해 그의 오류들을 바로잡으리라 다짐했다.

그 시작은 햄릿 아버지의 유령이 나타나는 장면일 거야. 이유는, 만일 햄릿 아버지가 내 아버지였다면 햄릿이 대화중에 그렇게 경망스럽지는 않았을 거거든…… 그건 예의의 문제라기보다는 극한 공포의 장엄함을 그가 망가뜨리기 때문에 문제가 돼. 예를 들어보자. 만일 내 아버지의 유령이 내 앞에 나타나 자기가 잠든 사이에 아무개들이, 여기엔 인형과 우리 외삼촌들을 대입해보자고, 자기를 죽였다고 말했더라면, 나와 내 친구 호레이쇼는, 바로 너지, 우리는 완전히 다른 투로 그에게 말했을 거라고……

대화가 이 지점에 이르자 바르딜 B.는 밀려드는 격정에 몸을 맡기고 잠식돼버렸다. 우리는 서로의 얼굴을 빤히 바라보았고,

나는 그 운명적인 질문을 기다렸다. 왜 지금 당장 시작하지 않아?

우리가 어떻게든 기억에서 지우고 싶은 일이 그 얼마 전에 있었기 때문이다. 나는 비범한 작품을 쓰겠다는 끓어오르는 욕망으로 '우리는 승리했다'라고 제목을 붙인 작품의 집필에 들어갔는데, 내가 얼마만큼 모방과 비교가 불가능한 사람인지를 보여주고 싶은 마음에 지금껏 인간의 손으로 쓰인 그 어떤 소설과도 다르게 거꾸로, 끝에서부터 쓰리라 마음먹었다.

우리는 우리집에서 제각각, 바르딜 B.는 우리가 마음대로 점거하고 있던 중이층 방에서 나를 기다렸고, 나는 나대로 보통 글쓸 때 들어가던 손님방에 있었다. 열기로 후끈거리는 오후였고, 옆방에서는 아버지가 낮잠을 자고 있었다. 글을 마치기가 무섭게 계단을 쿵쿵 뛰어내려가는 나의 손에는 막 쓴 글이 담긴 종이 한 장이 쥐여 있었다. "태양이 집단농장의 황금빛 논밭과 당 간부의 말에 귀기울이는 농부들의 행복한 얼굴을 비추었다. 간부는 주위에 펼쳐진 평원을 향해 두 팔을 치켜들고 이렇게 외쳤다. 우리는 승리했다!"

걸음을 옮길 때마다 계단이 삐걱거렸다. 머리가 멍한 건 피로 때문이었을 것이다. 바르딜 B.의 시선은 그보다도 더 멍했다.

그거 했어? 그가 물었다.

뭘?

어…… 살……(인)

응. 나는 고개를 끄덕여 대답했다.

너 지금 얼굴이 새하얘.

어떻게 안 그럴 수 있겠어? 하고 나는 생각했다.

나는 글쓴 종이를 그에게 내밀었다.

이걸 쓴 게 나라고 말하지 말아줘……

문 쪽에서 쿵쿵거리는 소리가 났다.

우리는 소스라쳤다.

아버지 깨실라. 내가 속삭였다.

덩컨을 깨워라, 아버지를 깨워라……

바르딜 B.는 읽기 시작했다. 그는 제 눈에 보이는 것을 못 믿
는 것 같았다.

너에게 뭐라고 말해야 할지 모르겠어. 내가 토로했다. 머릿속
에 무언가가 있었는데, 나오기는 다른 게 나왔어.

그가 내게 되돌려주는 종이가 덜덜 떨렸다. 내 손도 그랬다.

다시 쿵쿵거리는 소리가 들렸다.

내게 필요한 언어가 내 안에 없어…… 나는 거의 눈물을 쏟을

지경이었다.

나는 횡설수설했다. 마음속에 품은 걸 말할 수 있는 언어가 내게 없어. 다른 언어가 있어야 해. 지금 이것은…… 내 말을 듣지 않거든……

아마 그것이 내가 처음으로 눈에 보이지 않는 것의 힘을 지각한 계기였을 것이다.

날이면 날마다, 마치 보이지 않는 것이 보이는 것보다 얼마나 더 위대한지 확인이라도 하려는 듯, 우리는 반은 정신 나간 상태로 같은 장면을 재연했다.

얼마 후, 나에게 알릴 중요한 소식이 있을 때 으레 그랬듯 바르딜 B.가 헐떡이며 우리집으로 뛰어왔다. 그날은 어느 책에서 막 읽기를, 어딘가에 우리와 똑같은 인류가 살고 있는 어떤 세상 혹은 어떤 행성이 있는데, 다른 점이 있다면 그곳에서는 최고의 전설로 일컬어지는 시인이 이곳에서처럼 호메로스가 아니라 웬 보잘것없는 양복장이인데다, 더욱이 그가 시라고는 지금껏 단 한

편도 지어본 일이 없다는 것이었다.

내가 그런 헛소리는 대체 어디서 주워들었느냐고 막 물으려는 참에 그가 서둘러 말을 이었다. 이 이야기가 얼핏 한없이 멍청하게 들릴지 몰라도 가만히 들어보면 우리와 연관이 아주 없지 않다는 것이었다.

잠깐의 틈을 두고 생각하니, 그 딴 세상에서는 모든 가치가 전도되어, 중요한 것은 무엇을 쓰느냐가 아니라 무엇을 쓸 수 있느냐라는 걸 알 수 있었다. 달리 말하면……

달리 말하면, 우리의 전문 분야가 바로 그것에 해당했다. 아무도 알지 못하는 소설……

세상에 존재하지 않는 그 엄청난 소설들. 이런 생각을 하니 어깨에 힘이 들어갔다.

그럼 호메로스는? 내가 물었다. 진짜 호메로스, 우리 호메로스는 거기 등장해, 아니면 완전히 뒤로 처졌어?

있었어. 열한번째였을 거야, 아마.

진짜 호메로스가?

응, 그 호메로스 맞아. 『일리아드』를 비롯해 죄 거론됐어. 키
클롭스, 트로이의 헬레네 등등.

나는 유감스러운 소식을 접할까 두려워 차마 셰익스피어의 순
위를 물어볼 엄두를 못 냈다. 그런데 내 머릿속을 들여다보기라
도 한 듯 바르딜 B.가 입을 뗐다. 그런데 그 사람, 우리의 윌리엄
은…… 나는 심장이 더디게 뛰는 걸 느꼈다.

어떻게 됐어? 내가 잦아드는 목소리로 물었다.

그 사람은 세계 최고 극작가 자리를 웬 머저리에게 빼앗겼는
데, 그치는 희곡이라고는 한 편도 써본 적이 없는데다 심지어 읽
고 쓸 줄조차 모른다나…… 그래서 윌리엄은 간신히 7위 자리
를 지켰어.

나는 그 정도면 그다지 나쁘지 않다고 생각하면서 나 자신을 다독였다. 그러다 바르딜 B.가 입 밖으로 꺼낸 "하지만"에 덜컥 불안이 엄습했다.

그게 다가 아니야. 윌리엄에게는 문젯거리가 또 있어. 그 사람의 희곡들은 인정을 받았는데, 그 자신은 존재하지 않은 게 아닐까 하는 의심을 샀어.

그러니까 작품들은 있는데, 사람은 없다?

바로 그거야. 작품은 똑같은 작품인데, 그걸 쓴 게 그 사람이 아닌 것 같다는 거지.

우리는 한동안 당황해서 어쩔 줄 모르며, 둘 중에서 어느 쪽이 더 심각한지 결정을 보고자 열심히 생각했다. 즉 작품의 소멸과 자기自己의 소멸 중에서.

내가 어느 편에 서 있는지 도무지 알 수가 없었다.

그런데 그런 고약스러운 글을 쓴 작자가 대체 누구래? 내가 짐짓 경쾌하게 물었다.

마크 뭐였는데. 바르딜 B.가 대답했다. 뭐라더라…… 마크 트웨인이었나, 제크 마크였나……

그치에게 욕을 퍼부어주고 싶어 입이 근질거리면서도 우리는 차마 그러지 못했다. 마크라는 그 미국 작자의 환상은 얼마 전부터 우리를 홀린 생각과 대단히 닮아 있었다. 진정한 걸작은 바로 '쓰이지 않음'에서 힘을 얻는 작품이라는 생각!

그러면 나의 소설들에 대해서도 같은 말을 할 수 있는 게 아닐까? 사람들이 내 책에서 읽을 수 있는 건 작품을 광고하는 선전문뿐이고, 글 자체는 여태 땅속에 파묻혀 있다. 사람들이 그 책들을 악마적이라 평하길 즐기는 데는 이유가 있다. 그것들을 본 적이 없고, 그것들이 보이지 않기 때문이다. 바로 그렇기 때문에, 가장 비범한 것을 일컬을 때도 '본 적 없다'는 관용어를 쓰는 게 아닌가?

우리는 극도의 흥분 상태에서 셰익스피어에 대해 재고해보지 않을 수 없었다. 그가 처한 문제가, 겉보기에는 딴 일 같아도 우리 문제와 서로 만났기 때문이다.

우리는 사태를 처음부터 열심히 되짚어보았다. 한편에는 그가, 다른 한편에는 그의 희곡이 있다. 하지만 이 세상에는 그 둘 모두를 위한 자리는 없다고 누군가 말한다. 그러므로 하나를 선택해야 한다. 사람이든, 작품이든.

다시금 머리가 어지러웠다. 우리는 현실에 완전히 발을 딛고 있지는 않으면서, 그렇다고 현실에서 그리 멀리 떨어지지도 않은 어딘가에 있는 느낌이었다. 이름을 날리지만 그의 희곡들은 존재하지 않는다…… 혹은 희곡들은 있지만 그는 존재하지 않는다…… 달리 말하면 살고서 인정받지 못하거나, 대단히 인정받지만 살지 못한다.

우리는 수수께끼의 해답에 마침내 근접하고 있는 것 같았다. 어느 모로 보나, '살지 못하는' 세상과의 계약을 파기해서 우리에게 좋을 것은 하나도 없었다. 그곳이 지상에서 실현 불가한 어떤 것들이 허락된 유일한 장소이기 때문이었다.

나의 소설들이 예외적인 존재가 된 건, 문학에 허락된 때를 벗어나 세상에 나서려 했기 때문이다. 음주가 미성년에게는 허용되지 않는 것과 얼마간 비슷했다. 그래서 그것들은 저 아래, 심연에, 구상과 집필 사이 어딘가에서 영원히 화석이 되어, 인간의 눈에는 띄지 않은 채 파묻혀버린 것이다. 나는 그것들 중에서 수면 위로 떠오르는 것은 그 즉시, 마치 벼락을 맞은 듯 산산이 부서져버릴 거라 확신했다.

아버지가 우리 곁을 떠나 아마 스스로도 자신에게 더 잘 맞을 거라 여겼을 세상으로 간 바로 그 시기에 내가 사무치게 바르딜 B.를 추억한 건 우연이 아닐 것이다.

그는 어떻게 됐을까? 그의 모습이 떠오를 때마다 자문했다. 왜 이제는 나타나지 않을까?

그 10월 23일에, 나는 그가 제 택시(늙고 배싹 마른 말을 닮은 택시일 것 같았다)를 몰고 짠 하고 나타날 것 같은 느낌이 두세 차례 거듭 들었다. 이리 와, 내가 데려다줄 테니 헬레나를 납치하든 뭘 하든 맘대로 해. 옛날, 우리가 뭐든 할 수 있었을 때처럼!

나는 아버지 장례식에서도 그를 떠올렸다. 내가 좋은 일에는 못 왔지만, 슬픈 일에야 자리를 비울 수 없지…… 내 아버지를 당신이 가야 하는 곳으로 모시기 위해 길 저 아래 세워둔 그의 택시.

어느 날 내 차례가 되어 그가 나를 데리러 온대도 놀라울 건 없을 터……

그래도 그가 실제로 어떻게 됐는지는 여전히 오리무중이었다. 블로러로 한번 더 전갈을 띄워보았지만, 헛일이었다. 혹 몸이 아픈 게 아닐까…… 아니면 경우가 더 나빠, 이미 이 세상 사람이 아닌 게 아닐까……

그런 생각이 스친 게 처음은 아니었다. 하지만 정말 그랬다면 무슨 소문이라도 있었겠지, 하며 나는 마음을 가라앉혔다. 다만 혹…… 다만 혹 그 자신이 존재한 적이 없는 거라면……

나는 곧 그대로 굳어버렸다. 이내 그 공포를 떨쳐내려는 듯 고개를 저었으나, 공포는 들러붙어 나를 괴롭혔다. 최근에 고향에 갔을 때, 건축가 친구와 함께 광인로를 따라 올라가다가 왼쪽 세 번째 집 앞에서 발걸음이 저절로 멎어버렸다. 분명 바르딜 B.의 집이 맞을 텐데 이상스레 그 집과 전혀 닮지가 않았다. 옆에 있던 건축가 친구가 문을 밀어 열려 할 때, 내가 꼭 내 것이 아닌 듯한 음성으로 소리를 지르다시피 말렸다. 안 돼!

아버지 장례가 끝나자 인형은 완전히 정신이 나간 사람 같았다. 아파트가 안정을 되찾기까지는 얼마간의 시간이 필요했다. 어느 날 친구들끼리 저녁을 먹고 나서 한 친구가 자기 생각을 말하기를, 망자의 기억을 오래도록 간직하는 옛집들과 달리 현대

식 아파트는 그 단순하고 반듯반듯한 기하학적 형태가 꼭 고인
이 떠나는 길을 막지 않기 위한 의도로 설계된 것 같다고 했다.

그런 말이 오갈 때면 우리는 아버지를 많이 추억했다. 그 추억
들 가운데 다수가 서로 일치하지 않았다. 대다수 사람들이 그가
묵직한 사람이었다고 한 반면, 어떤 이들은 그가 예리한 유머감
각의 소유자였다고 했다. 그럴 때면 양측이 다 나를 바라보며 진
상 규명을 요구했다.

하지만 진상 규명은 내게 요원한 일이었고, 특히 대화가 간접
적으로라도 부자 관계를 다룰 때면 더더욱 그랬다. 내가 아버지
에 대해 간직한 거라곤, 그의 독재가 정말 실재하는 것이었는지
아니면 우리가 만들어낸 가공의 산물이었는지 파악하기 어렵다
는 자각 말고는 없는 것 같았다. 그의 투항에 대해서도 마찬가지
였다. 결국 어떤 의미에서는 우리가 한 독재자의 노예였던 만큼
그 또한 우리의 노예였는지도 몰랐다.

평온한 자기 성찰의 시간이 흐르고 있었다. 누이 카쿠의 약혼
에 뒤이어 막냇동생의 결혼식이 평화롭게 치러졌다. 결혼식 때

결혼식 케이크가 화제로 등장하자, 우리 사이에서 점차 관례로 굳어지고 있던 습관에 따라 바클라바용 쟁반 이야기도 잠깐 뒤따라 나왔다. 그러자 그 옛날의 범죄에 관한 의혹이 내 안에서 다시 슬며시 고개를 쳐들었다. (동생은 그날 밤 컬치라 협곡을 지나는 세미트레일러 속에서 이불 사이에 끼어 졸면서 정말로 아무것도 알아채지 못한 걸까, 아니면 그 쟁반이 나가떨어지기 직전인 걸 봤으면서도 붙잡아 매려는 시도를 하지 않은 걸까?)

인형을 신나게 비꼬는 말들도 하나둘 다시 등장했다. 일테면 이런 것. 이번에 파리에서 내 책이 출간될 때, 나 엄마하고 같이 가야 될까? 이 농담의 좀더 고약한 변주는, 인형에게 내가 파리에 헬레나의 이모와 함께 갈 거라고 믿게 만든 것이었다.

여자들은 깔깔대며 웃었고, 인형도 마지못해 덩달아 웃음을 터뜨렸다. 웃음 덕에 그가 점점 더 자유로워지고 있는 듯했다.

그것이 인형의 이 세상 마지막 웃음이었다.
이렇게 말하면 언뜻 죽음이 떠오를 것이다.
하지만 현실은 그보다 더 썼다.

1990년 10월 24일 초저녁이었다. 전화가 울리더니 귀에 선 목소리가 말했다. 라디오 틀어봐요!

라디오에서는 내가 헬레나와 함께 알바니아를 떴다는 소식을 전하고 있었다. 내가 대통령에게 편지를 보냈고, 자유선거를 선동했고, 국가에서는 나를 반역자로 고발했다는 소식과 함께.

전화를 받은 사람은, 우리가 없는 사이 디브라거리의 우리 아파트를 봐주고 있던 인형과 카쿠였다.

두 여자는 공포에 얼어붙어버렸다. 점점 짙어가는 어스름 속에서 몸을 떨었다. 불을 켤 엄두도 못 냈다. 다시 전화벨이 울렸다. 이번에는 받아도 아무 말이 없었다. 잠시 후 다시 수화기를 들어보고, 두 사람은 전화선이 끊겼다는 걸 알았다. 그 순간 할 수 있는 유일한 일을 떠올리려는 듯, 두 여자는 울기 시작했다. 둘이 함께, 혹은 차례로 하나씩.

잠시 후, 누군가 문을 두드렸다.

사내 둘이 먼저 들어왔다. 시구리미*였다! 이어서 철제 트렁크를 끌며 둘이 더 들어왔다.

인형은 그때 '가택수색'이라는 말을 들었는지 나중에 기억해내지 못했다. 누이도 마찬가지였다.

배싹 마른 몸에 흉악범 얼굴을 한 사내가 '작업실'과 아파트의 나머지 공간 사이를 막고 섰다. 남은 셋은 두 곳에 마련된 서재의 서가로 다가갔다.

카쿠가 사내들과 무언가에 대해 이야기했고, 인형은 조금 떨어진 곳에 있었다.

뭐라던? 인형은 딸이 다시 자기 쪽으로 왔을 때 물었지만, 대

---

* 알바니아 비밀경찰. (원주)

답은 듣지 못했다.

수색관들이 첫번째 서재 문을 활짝 열어젖혔다. 인형은 자기 눈으로 보면서도 믿을 수가 없었다. 사내들이 내 원고가 담긴 서류철을 다 끄집어내는 게 아닌가! 그는 늘 무슨 일이든 일어날 수 있다고 생각하며 살아왔다. 하지만 그때 자기 눈앞에서 벌어지고 있는 일만은 아니었다. 나중에 내게 털어놓은 것처럼, 그는 내가 수갑을 차거나 거칠게 체포되는 장면은 상상해봤을지언정 원고만은 손대면 안 되는 걸로 알았다. 왜 그렇게 생각했느냐고 내가 묻자 그는 대답을 찾지 못했다. 내가 오래전부터 하도 그 원고들에 정신이 팔려 있다보니, 그는 그것들에 어떤 신비로운 힘이 실린 줄 알았나보다. 그런데 이제 신화가 깨지고, 그것들이 이 손 저 손을 거쳐 마침내 철제 트렁크 속에 척척 쌓이고 있었던 것이다.

그래도 이제 저 남자들이 집에서 나가면 나쁜 것, 위험한 것도 같이 가지고 가겠다는 생각은 안 들었어요?…… 모르겠다. 그가 대답했다. 어쩌면 그럴 수도…… 그의 두 눈이 이거고 저거고 도무지 이해 못하겠다는 자책이 선명한 특유의 빛을 띠었다. 이건 어떤 이들이 그랬다면 약점으로 해석되겠지만, 어떤 이들의 경우 하늘이 준 재능이기도 했다.

트렁크 하나하나에 자물쇠가 채워지고 있었다. 보아하니 우두머리인 듯한 그 배싹 마른 사내가 각 작업 단계를 감시했다.

눈앞에서 벌어지는 일이 인형에겐 점점 더 혼미했다. 불길한 사라반드 춤을 추듯 주위에서 뱅글뱅글 돌고 있는 원고들이 혼미의 원인인 듯했다.

최면에라도 빠진 듯 그 안개에서 벗어나지 못한 채, 인형은 흉악범상의 사내에게 다가가 물었다. 나를 감옥에 처넣을 사람이 당신이요?

사내가 무슨 소리냐는 듯 그를 쏘아보았다.

나는 검사예요. 사내가 나직이 대답했다. 하지만 겁낼 것 없습니다, 아주머니.

안개는 짙어지기만 했고 소름 돋는 공기가 사방을 메웠다. 그때 카쿠가, 꼭 영화에서처럼 손에 권총을 들고 침실에서 나왔다. 인형은 누이가 총을 쏘려는 줄 알고 이렇게 소리칠 뻔했다. 무슨 짓이야, 이것아?

그런데 수색관 하나가 무기를 차분하게 잡아채더니 찬찬히 들여다보기 시작했다.

이건 있는 줄 몰랐는데. 그가 말했다. 이건 허가가 안 난 거예요. 다른 걸 찾아야 돼요, 허가증 있는 거.

카쿠는 망연자실했다. 그 모든 게 이해되지 않았다.

날 감옥에 넣지 마요, 난 환자요. 인형이 검사에게 애원했다. 이젠 눈도 침침하고.

검사는 아까와 똑같은 말을 똑같이 괴롭다는 목소리로 다시 했다. 그때 카쿠가 다른 권총을 들고 나타났고, 만일 수색관 하나가 아까처럼 차분하게 그것을 넘겨받지 않았더라면 인형은 이

번에도 무슨 짓이야, 이것아? 하고 소리칠 뻔했다…… 흰 책장
에 있었어요. 카쿠가 말했다. 데 라다 전집 뒤에요. 청소할 때 봤
어요.

수색관이 총을 잠깐 검사하더니 말했다. 이거 맞아요.

철제 트렁크들이 거의 다 찼다. 사내들이 그것들을 하나하나
조용히 아래로 날랐다. 괴로운 얼굴의 검사가 그들을 뒤따랐다.
문턱에서 그는 한쪽 팔로 인형의 두 어깨를 감싸고는 귀에 대고
속삭였다. 울지 마세요, 아주머니……

이 장면이 계속 내게 들붙었다. 그후로도 오랫동안, 생각을 하
다보면 나는 어느새 어둑해진 디브라거리의 아파트에 가 있었
고, 그곳에선 둘만 남은 여자들이 함께 눈물을 쏟기 시작했다.
죽은 이를 애도하듯 뜨거운 눈물을.

12

비행기에서 내게 찾아든 모든 회상 가운데 그것이 가장 괴로 웠다. 그 장면이 끊기고는 1992년 3월 첫 귀국 장면이 떠올랐다. 인형은 소파에 가만히 앉아 있었고, 프랑스 방송국에서 나온 기 자가 그를 찍고 있었다. 기뻐하세요, 사람들이 그에게 말했다. 끝이 좋으면 다 좋은 겁니다.

그는 기뻐하려 애썼지만 그러지 못했다. 그의 눈에는 예전에 이해 못할 무언가를 앞에 두고 있을 때 그랬던 것처럼 자책이 어 려 있었다. 그때와 다른 게 있다면, 기뻐하는 데 더 큰 노력이 필 요하다는 거였다.

네, 네. 그는 잠깐 공백을 두고 대답했다. 나 기분좋아요……
눈이 좋지 않아서 그래요.

우리는 내가 파리로 떠나기 며칠 전 마지막 대화를 나누었다.
그의 시선이, 그런 상황에서 대부분의 어머니가 물을 그 질문을
빤히 던지고 있었다. 네가 다시 왔을 때 내가 살아 있을까?

그런데 나를 오래도록 물끄러미 바라보다 그가 결국 꺼낸 질
문은 내가 상상할 수 있는 그 어떤 질문보다 놀라웠다.

네? 나는 내가 잘못 들은 줄 알고 되물었다.

하지만 그는 질문을 똑같이 반복했다.

너 이제는 프랑스 사람이야?

이 질문은 나중에 아무리 떠올리고 또 떠올려봐도 익숙해지기
는커녕, 내가 취할 수 있는 어떤 관점에서 봐도 말이 안 되어 보

였다. 환한 만큼이나 어둡고, 아이처럼 유치한 동시에 유구한 세월을 초월한 그 질문은 떠올릴 때마다 나를 덜컥 붙잡아 맸다. 요컨대 그 질문에는 투명하면서도 불투명하고, 생과도 사와도 하나를 이루는 그의 성정이 고스란히 들어 있었다.

아마도 그래서 이제 와서야, 그가 새하얀 얼굴에 볼연지를 살짝 찍고 그야말로 장난감 상자에 든 인형처럼 관 속에 누워 있는 지금에 와서야 그 질문에 대한 대답이 떠오른 것이 자연스러운 건지도 모르겠다.

다시 만난 그는 꼭 이 통과의례를 몇 년간 준비해온 사람 같았다. 마치 끝으로 한번 더 공연을 보러 가는 사람처럼 화장을 조금 했을 뿐 차림새는 그대로였다. 그의 질문의 요체―어머니의 교체―가 그대로였듯. 비록 이번에는 '어머니'라는 단어가 프랑스 혹은 알바니아와 겹쳐졌다고는 해도.

이제는 답을 해줄 수 있었을 터인데. 우선 그에게. 그리고 나 자신에게. 그리고 옛날 예의 재판에서의 내 아버지처럼 우리를 심판할 제삼자에게.

나는 그에게 이젠 관심의 결핍을 불평하지 않아도 된다고 말하고 싶었다. 그가 고인의 역할을 맡고 무대 중앙에 있었다. 전 세계 방방곡곡의 학생들이 배우는 고대 연극의 주인공처럼.

다른 이들은 그저 위성처럼 그의 주변을 돌 뿐이었다. 그가 아마도 예전에, 어느 날엔가는 삼천 년 된 그 무대에 떡하니 올라 주인공 자리를 차지할 차례가 자신에게 돌아오리라는 생각은 추호도 못 한 채 슬그머니 티라나 극장에 들어가 보았을 연극에서처럼.

모두가, 그냥 사교계 자체가, 더러는 가깝고 더러는 초면인, 누가 더라고 할 것도 없이 다 중요한 사람들이 와서 소리 죽여 애통해했다. 어떤 남자들은 머리에 검은 중절모를 쓰고 있었다. 어떤 이들은 이국의 언어로 말했다.

여기 국립극단 배우들이 왔는데, 당신을 위해서 당신이 그렇게 좋아하던 쩌렁쩌렁한 목소리를 낮추고 있어요. 당신이 이제 길을 떠나, 시 서쪽 묘지에 잠든 남편을 만나러 간다는 걸 모두가 알거든요. 저 아득한 1933년에 당신이 새신부로 그의 집에 왔을 때처럼. 그리고 그는 그때처럼 당신을 맞이하며 이렇게 말할 테죠. 인형, 당신 이제 온 거요?

당신과 나의 마지막 순간들에, 당신이 차마 알기 두려워하던 것들을 나도 그냥 모르는 척 피할 걸 그랬나봐요. 일테면 우리가 태어난 그 밤을. 혹은 또다른 밤, 우리가 향해 가고 있는 그 밤을.

최소한 그때, 우리 둘 사이의 오해가 나를 전혀 속박한 적 없고, 오히려 그 어떤 앎보다 나에게 이로웠다는 사실을 당신에게 다시 한번 다져둘 걸 그랬나봐요. 그건, 내가 그토록 여러 차례 당신에게 설명하려 했듯이, 사람의 재능이란 곧잘 그 대립항을 통해 드러나기 때문이죠. 아주 곧잘, 남는 것이 아닌 결핍된 것을 통해 사람은 돋보이기 때문이죠.

그리고 나는 다시금, 그 춥던 파리의 밤에, 라보르드 길 32번지에서 간신히 눈물을 삼키며 자기가 마지막으로 모스크바에 들렀을 때 길에서 자기에게 침을 뱉은 여자 이야기를 들려준 러시아 시인을 떠올렸다. 그냥, 아무런 이유도 없이…… 이해하겠소……? 괜히, 그 밤에, 길거리에서, 숄을 두른 한 여자가……
어머니 러시아 하면 보통 사람들이 떠올리는 모습 그대로의 여자
가…… 이해하겠소……? 11월의 차가운 진무塵霧 속에서…… 그
에게 물어보고 싶었지요…… 왜죠? 대관절 내가 당신에게 무슨
짓을 했다고 내게 침을 뱉지요……? 하지만 여자는 위협하듯,
속 모르게, 그에게서 눈을 떼지 않으면서도 아무 말도 하지 않
았다.

13

인형의 초상에서 아직도 무언가가 부족하다는 느낌이 일거에
사라진 건 지로카스트라 집의 개축을 맡은 건축가가 내게 전화
를 해, 방금 집에서 비밀 문을 발견했다고 말했을 때였다.

내가 이미 이 소식을 들을 것에 대비하고 있었던 듯한 느낌이
들어, 나는 상대방을 실망시키지 않으려고 격정적인 반응을 표
하는 말들을 찾느라 애썼다.

건축가가 신나서 말을 이었다. 어제 낮에, 동쪽 벽을 허물려는
데 갑자기…… 내 말 알겠어요? 놀라서 입도 못 떼는 거, 말하자

면 완전히 얼빠진 거…… 내 말 알겠어요?

네, 네. 대답은 알겠다고 하면서도 마음은 모른다는 쪽으로 기울고 있었다. 그런 발견을 하면 사람이 얼마나 흥분하는지 내가 도대체 어떻게 알겠느냐는 말이다. 태어나서 열일곱 되던 해까지 죽 살던 집에 그런 비밀 문이 있을지도 모른다고 상상할 사람이 몇이나 되며, 게다가 그 사실을 집 개축 공사를 맡은 건축가가 더러는 황홀한 듯, 더러는 탄식하듯 "내 말 알겠어요?"로 곳곳에 방점을 찍어가며 자아내는 탄성을 통해 알게 되는 사람은 또 몇이나 된다고.

건축가는 바람이 잔뜩 들어 떠드는데, 나는 그의 흥분에 값할 만한 유치한 말을 계속 머릿속으로 물색하다가 질문을 한다는 게 이런 쓸모없기 짝이 없는 질문을 던졌다. 그 문이 입구이던가요, 출구이던가요?

뭐요? 건축가는 하마터면 숨을 못 쉴 뻔했다. 출구냐, 입구냐? 흠, 재미있는 질문이네…… 정말 별나요. 그는 거푸 이렇게 말했다.

나는 내 돌발 질문을 벌써 후회하면서 아마 문이 두 가지 역할을 다 했을 거라고 말했지만, 곧바로 그에게 어떤 불안이 들었음을, 그리고 전화를 끊는 순간 그 불안이 이번에는 나를 덮쳤음을 느꼈다.

익숙하지 않은 불안이었다. 왜냐하면, 사람이 자기 집에 난 비밀 입구인지 출구인지를 좋게 봐야 하는지 나쁘게 봐야 하는지를 가늠하는 사례는 드문…… 그렇다, 아주 드문 일이기 때문이었다.

전화를 끊은 뒤에도, 설명 못할 공포라고까지는 말 못해도, 불안의 뒷맛에서 벗어나기가 어려웠다.

비밀 입구…… 출구라고 해도 마찬가지고…… 거기에 불안해야 할 일이 대체 무얼까?

하지만 어떤 근본적인 근심이 나를 떠나지 않았다.

그 건축가를 안 건 집이 와르르 무너지기 전이었다.

나도 광인로 출신이에요. 그는 마치 우리가 옥스퍼드 동문이라도 된다는 듯 반가움과 동조의 표정을 지으며 말했다.

우리는 그 말에 한참을 웃었고, 나중에도 그 첫 만남 이야기가나올 때마다 똑같이 웃었다. 우리가 둘 다 그 유명한 골목 출신이라는 사실은 틀림없이 앞으로 서로를 이해하는 데 도움이 될듯했다.

그리고 실제로도 그랬다. 마치 운명이 우리에게 못된 장난을치려는 듯 한창 공사중이던 집이 불이 나 폭삭 무너져내리기 전까지는.

집을 다시 짓는 일도 그 건축가에게 맡겼고, 변한 건 아무것도없었다. '옥스퍼드 동문', 거기서 유래하는 공모의 감정…… 공모는 아직 건재했다. 그것을 처음 확인한 계기는 우리가 너무도 자연스레 동시에 사용한 어떤 단어였다.

폐허 더미 발치에서 처음 만난 날, 눈앞에 펼쳐진 광경에 아연 실색한 나를 보더니, 그가 순간 나도 머릿속에 떠올리고 있던 그 단어를 입에 담았다. 누가 보면 폭격 맞은 줄 알겠어요, 안 그래요?

바로 그거예요. 내가 대답했다. 그는 지구상 다른 곳의 집들은 그렇지 않은데, 유독 지로카스트라의 집들은 화재가 나면 딱 폭격을 맞은 꼴이 된다고 말해주었다. 그렇다고 모두의 말문을 막은 일까지는 설명이 되지 않았다. 요새와 맞먹을 만큼 두꺼운 벽이 다 부서져버린 것까지는.

그가 계속 설명하기를, 우리집은 엄청난 충격을 받았다고, 그 충격은 영국군 폭격기가 떨어뜨린 폭탄 두 발을 얻어맞은 것에 비견된다고 했다. 그 원인은, 도시의 모든 집이 다 그랬지만, 두꺼운 편암 판석 기와를 얹은 지붕이었다. 받치고 있던 보도리가 불에 타면서, 지붕이 제 온 무게로 갑자기 집을 덮쳐 완전히 무너뜨린 것이다.

말을 바꾸면, 카다레 저택은 제 지붕의 폭격을 맞았다고도 할 수 있었다. 한번 더 말을 바꾸면, 집이 자멸했다고도 말할 수 있었다.

이 대화는 마치 영국 비행중대가 우리 머리 위 하늘을 수놓으며 위협하던 1940년에서 건너온 듯 이상스레 내게 친숙했다.

그러니까 그해에 벌어지지 않은 일이 나중에, 1999년에 벌어진 것이다. 세르비아를 폭격하러 가는 나토 공군기들이 연이어 밀려오는 파도처럼 아드리아해 상공을 날던 시기가 바로 우리집 사건이 났을 때다. 우리집 하면 내 머릿속에선 이미 오래전부터 붕괴와 폭격이 서로 뒤섞였던 터라, 영국 폭격기 한 대가 급거 편대를 이탈해 내 어린 날 지로카스트라의 하늘에 나타나서는 우리집을 찾아내 마침내 그토록 오랫동안 기다려온 폭탄 두 발을 떨어뜨렸다는 상상을 해봐도 그다지 황당하게 여겨지지 않았다.

그리고 곧잘 나쁜 일이 좋은 일로 변하듯, 그 재난 덕분에 이

제 영원히 전설로 남을 것—집의 비밀 문—을 발견할 수 있었던 게 아닌가.

추측건대 그 문은 단순한 문 이상이었을 것이고, 문이 품은 비밀도 아무 비밀은 아니었을 것이다. 심지어 그 문이 모든 것을 해독할 수 있는 암호라는 생각까지 들었다. 인형의 수수께끼까지 포함해서.

이런 생각을 하면서 나는 헬레나와 함께 지로카스트라로 향했다. 건축가는 헬레나가 꼭 왔으면 했다. 내 고향 친구들이 헬레나를 위해 깜짝쇼를 마련할 거라면서……

깜짝쇼가 무슨 내용일지 많이 궁금하지는 않았다. 왜냐하면 내게는, 그대로이면서도 완전히 그대로는 아닌 그 집부터 시작해 그 모든 이야기가 다만 하나의 깜짝쇼로 여겨졌기 때문이다.

사람들은 그러지 못했지만 집은 이제부터 제2의 삶을 누리겠구나 하는 생각만으로도 머리가 어지럽기에 충분했다. 방, 복도, 계단, 조각으로 장식된 천장은 두번째 삶을 누리되, 한 번도 방이 되어보지 못한 방 아닌 방들은 첫번째 삶을 전혀 살아보지 못한 채 두번째 삶의 권리를 얻을 것이었다.

나는 피타고라스와 플라톤의 신비주의를 합한 것보다 더 복잡해 보이는 이 난제를 그만 생각하려 애썼다.

그래도 그것은 내 뇌리에 죽 들러붙어 있다가, 우리를 기다리던 일군의 친구들에게 붙들려 집 서쪽 문 앞에 이르렀을 때에야 사라졌다. 건축가가 문을 밀어 열자, 우리는 첫번째 현관을 통해 안으로 휩쓸려 들어갔다. 그 끝에 또 있는 문을 여니 두번째 현관이 나왔는데, 실내 계단이 그곳에서 시작되는 한편 동쪽 정원, 그러니까 외부 계단 쪽으로 난 세번째 문이 또 있었다.

아직 난간도 없는 이 외부 돌계단을 통해 우리는 다 함께 위층으로 올라갔다. 나는 우리와 함께 움직이는 사람들이 모종의 비밀스러운 합의를 본 것처럼 서로 공모의 눈짓을 교환해가며, 헬레나가 우리 행렬의 선두에 서도록 유의하고 있다는 걸 알아차렸다. 건축가가 언급했던 깜짝쇼가 그때 떠올랐으나, 집안 곳곳을 다시 살펴보는 데 정신이 팔려 나도 곧 잊어버렸다.

헬레나를 앞세운 선두 무리가 마지막 몇 계단을 오르고 있는데, 탄성이 점점 잦아들며 미리 계산된 침묵이 조성되더니, 그 한가운데서 별안간 남성 중창단의 목소리로 옛 노래가 울려퍼졌다.

모두가 무슨 일인가 보려고 걸음을 재촉했다. 쇼는 그 자체로 장관이었다. 전통 의상인 주름치마를 차려입은 남자들이 위층 너른 통로에 격식을 갖춰 반원으로 둘러서서 오래된 결혼 축가를 목청 높여 부르고 있었다.

헬레나는 꼭 덫에 걸린 것처럼 남자들 앞에 꼼짝 않고 섰다.

남자들은 그녀를 향해 노래했다. 노래는 지로카스트라에서는 유명한 곡으로, 어쩌면 결혼식에서 불리는 모든 노래를 통틀어 가장 오래된 노래일지도 몰랐다. 그리고 헬레나는 지금 노래 속 신부의 역할을 맡고 있었다.

새신부여,

그대가 두 발을 디딘 그곳에

그대의 이가 썩어 떨어질 것이니……

노랫말은 이런 뜻이었다. 새신부여, 그대가 발 디딘 그곳에서 당신 생이 다하는 날까지 머물게 되리라.

중창단은 그 불길한 예언 같은 노래를 부르며 뚫어져라 바라보는 시선을 헬레나에게서 거두지 않았다.

그 오랜 세월을 지체하다, 그녀는 결국 목적지에 닿았다. 회피하기엔 이미 늦었다. 무엇이 됐든 고쳐 바로잡으려 손을 쓰기에도 이미 늦었을 것이다. 사람들은 그녀에게 가차없이 전했다. 너는 다시는 여기서 나가지 못할 것이다.

이것은 착각이다, 늘 그러했고 앞으로도 그러할 결혼식의 환각 같은 것이다. 그리고 저 신부는 노래에 걸맞은 그런 여자가 아니다. 이렇게 소리치고 싶었다. 이 위험한 쇼를 멈춰, 막 내려!

그런데 알 수 없는 호의가 헬레나의 얼굴에 깃들어 있었다. 마치 그녀 자신이 그 집을 제 편으로 삼으려는 것처럼.

주변의 모든 것이 불가해하고 위협적이었다.

나는 여기는 예전의 그 집이 아니라고, 이 집은 이미 다른 데서 결혼한 여자에겐 아무 권리도 행사하지 못한다고 역설하고 싶었다.

또다른 이야기도 전하고 싶었다. 무슨 조홧속인지 옛집이 새집에 물려준 권한에 대해서, 그 권한을 가능케 한 끝나지 않을 기다림과 불합리한 원한에 대해서. 그때 갑자기 노래가 그쳤다. 퉁명한 말 습관처럼, 갑자기 멎어버린 숨처럼.

일행은 적지敵地가 되어버린 구역을 피하려는 사람들처럼, 올라올 때만큼 서둘러 계단을 내려갔다. 무질서의 한복판에서 나는 아직도 어리둥절해 있는 헬레나의 손을 가까스로 붙잡았고, 반공황 상태에서 난간 없는 계단을 내려가며 그녀에게 "조심!" 하고 일렀다.

나가는 문을 향하는 행렬의 *끄트머리*를 따라가던 중에 우리만 비밀 문으로 슬쩍 빠져나가는 것이 낫지 않을까 하는 생각이 들었으나, 내가 여태 그 위치가 어딘지도 모르거니와 건축가가 어느 틈엔가 자취도 없이 사라져버렸다는 걸 깨달았다. 꼭 옛 수수께끼들의 후속처럼.

　　　　　　　　　　　　　　　　2013년 4월, 파리에서

옮긴이의 말

   이 책은 이스마일 카다레가 2015년 알바니아에서 발표한 자전 소설 『Kukulla』의 프랑스어판 『La Poupée』를 한국어로 옮긴 것이다. 카다레가 한 가족의 일원으로서, 그리고 작가로서 전하는 자기 집안의 칠십여 년에 걸친 연대기가 책의 내용을 이룬다.

   1993년 4월, 화자인 주인공은 어머니가 임종을 앞두었다는 전갈을 받고 파리에서 고국 알바니아행 비행기에 오른다. 거기에서 이야기가 시작된다. 이야기는 화자의 부모가 혼인한 시점까지 무려 육십 년 세월을 거슬러올라간 뒤 도입부의 시점을 지나

어머니가 돌아가고 난 현재까지 흘러오는데, 화자의 유년기와 청년기에 특히 집중돼 있다. 그곳에는 한 인물의 3대 뿌리로 일컬을 어머니와 집과 고향이 있다. 하지만 셋은 오로지 아련한 향수와 미화의 대상이 아니다. 어머니는 "아마도 그에게는 버거웠을 월경越境" 때문에 아들에게 "사람들이 어머니의 가슴에서 흡수한다고들 말하는 그 모든 것들을 (…) 다른 이의 가슴에서 전해받"게 하는 존재이고, 집은 "적의와 오해가 영원하기를 바라는 마음에 일부러 그렇게 지은 게 아닐까" 싶은 공간이며, 고향 지로카스트라는 타지를 전전하는 화자에게 "무언가가 결핍된 어느 도시"로 우선 떠오른다. 솔직하고 내밀하나 건조하고 신랄한 방식으로, 주인공은 위 세 요소를 주연이자 배경 삼아, 할머니와 어머니의 관계를 진술하며 스스로 썼던 표현대로 "불화의 난해한 연대기"를 재구성한다.

불화는 전면적이고 지속적이면서 다층적이다. 혼인으로 서로 엮이는 카다레가와 도비가 양 집안은 혼전부터 반목하고 갈등한다. 결혼 후에는 시어머니와 며느리가 예정된 수순처럼 대적한다. 갈등이 길어지고 격화하자, 주인공의 아버지는 "우선 젊은 쪽을 나무라고 보는 게 자연스러운" 시대상을 무릅쓰고 심판자를 자처하고 나섬으로써 자기 어머니와 갈등한다. 주인공은 부자간 오이디푸스적 대립에 집착하는 문학계 유행에 자신을 대입해 아버지와 가상 대립한다(이 대립은 '금서로 맺어진 동맹'으로 인해 아버지가 아들에게 목매는 관계가 형성되면서 시작도 못하고 싱겁게 끝난다). 갈등은 주인공 안에도 있고, 집안의 테두리 밖에도 있다. 주인공은 정작 작품은 상상 속에만 두고 자신이 '쓸 수 있는 것'의 가치를 과대해석하며 거장과 자신을 동일시하던 문학소년 시절의 자신을 비웃는 한편, 구습과 체제에 저항하면서 사회와, 국가와 불화한다.

한편 문학소년 시절을 대변하는 키워드는 '선전'이라 할 수 있을 것이다. 선전은 문학소년 시절의 습작에는 과잉된 것이자, 폐쇄적이고 거들먹거리지 않는 도시 지로카스트라에는 결핍된 것이다. 그리하여 화자가 모스크바 유학 시절 습작한 것으로 본문에 나오는 '선전 없는' 소설은 실제로 '선전 없는 도시(La ville sans enseignes)'라는 제목을 달고 시간이 한참 흐른 1998년에 출간된다.

모든 갈등 가운데 가장 두드러지며 소설의 기조를 이루는 건 물론 화자와 어머니 사이의 갈등이다. 주인공의 어머니는 하도 가벼워서 '인형'과, 하도 불가해한 존재라 '어둠'과 동일시된다. 모자는 어떤 경계 양편에 각기 서 있고, 아들이 보기에 어머니에게 월경이란 끝내 버거운 것이다. 젊어서는 똑똑한 시어머니에 비해서도 열등한 존재였던 어머니는 나이들어가면서는 많이 배운 신세대 아들에게도 툭하면 무시당하며, 그 사실을 엄중히 받아들여 아들과의 결별에 대한 공포에 시달린다. 결코 넘을 수 없는 경계 저편에 존재하는 아들이 자신을 버릴 거라는 공포. 하지만 무시하고 막말을 해 어머니를 울리기 일쑤이던 아들은, 결국 자신에게 가장 소중한 문학 재능과 자신이 누리는 자유의 근원이 어머니에게 있다고 털어놓는다. 어머니를 더 자라지 않는 열일곱 소녀로 설정함으로써 그를 글쓰기에 이용했다는 자각을 통해, 그리고 "우리 둘 사이의 오해가 나를 전혀 속박한 적 없고, 오히려 그 어떤 앎보다 나에게 이로웠다"는, 어머니의 지위를 단숨에 훌륭한 문학가를 낳은 기원으로 격상하는 절절한 고백을 통해.

그리고 거기에는 이 모든 갈등을 품고 지켜보는, 때로 마치 살아 있는 유기체처럼 묘사되는 집이 있다. 감옥과 채 생성되지 못한 방들을 품은 채 삼백 년 동안 카다레 집안 구성원들의 삶과 사랑과 갈등과 세대교체를 지켜보았으며 한편으론 인형의 감옥이던("이 집이 나를 잡아먹어") 집은 1990년 식구들이 수도로 이사한 뒤에는 그리움과 연민의 대상이 되었다가, 1999년 인형이 세상을 뜨자 '존재를 멈추'었다가, 죽음을 거치지 않는 제2의 인생은 의미가 없다는 듯 공사중 '자멸'해버린 후 다시 태어나더니, 집의 일원인 적 없던 화자의 아내마저 제 안에 구속하며 불화의 연대기를 재생과 화합으로 마무리할 장을 마련한다. 하지만 다 그렇게만 끝나면 섭섭하다는 양 공사중 집에서 발견된 비밀 문. "인형의 초상에서 아직도 무언가가 부족하다는 느낌이 일거에 사라"지게 한 마지막 퍼즐. 하지만 이 마지막 퍼즐이란 해독의 열쇠가 아니라, 오히려 어머니가 해독 불가한 '어둠'으로서 온전히 완성되기 위한 마지막 한 조각 같다. 앞서 아들의 프랑스 망명으로 국가권력에 의해 고초를 겪고, 어머니가 제 문학 재능의 근원이었다는 화자의 고백을 통해 행여 화자가 작품 앞머리에서 아쉬워한 고전적 어머니상에 편입될 뻔도 했던 인형이 이로써 'матьма'로 대변되는 존재감을 되찾으며 작품은 끝난다.

『인형』은 역사 속에 깊이 몸을 담근 작가의 전작들에 비해 사변적 소품 같은 느낌을 준다. 마찬가지로 유년기의 도시와 집을 배경 삼은 자전적 작품 중에서 이탈리아와 독일의 알바니아 점령기를 그린 『돌의 연대기』, 알바니아가 공산화되던 시기를 그린 『광기의 풍토』에서 나타나던 미시적 치열함은 보이지 않는다. 그러나 긴 시간을 조망하는 만큼 먼 시선으로 건조하게 제시되는 경험과 일화 속에는 알바니아의 왕조 시대, 제이차세계대전, 작가와 동향이며 친척의 지인으로 등장하는 엔베르 호자의 긴 공산 독재기, 공산권 분열, 유고 내전 등 격변하는 시대상과 사회상이 한 가족의 일대기와 결부돼 녹아 있다.

2000년 이래로 이스마일 카다레의 작품은 작가처럼 과거 알바니아에서 프랑스로 망명한 이력을 가진 바이올리니스트 테디 파파브라미가 맡아 알바니아어에서 프랑스어로 옮기고 있다. 중역의 윤리학에 관한 이야기는 건너뛰기로 하고, 결과를 만들어야 하는 입장에서는 중역에서 오는 어려움이 컸다. 한 번 가공을 거치는 과정에서 표면 너머로 숨어버린 논리와 개연을 찾기가 때론 고차방정식의 해를 찾는 일 같았다. 나름 어렵사리 찾은 길들이 모두 정해의 영역에 닿았는지는 모르겠다. 카다레가 처음 모국어로 들려준 이야기에 비해 손상되거나 상실된 의미와 뉘앙스가 전무할 수는 없을 테고, 그저 최소화되었기를 바라는 마음 간절하다.

권수연

이스마일 카다레 연보

1936년	1월 28일 알바니아 남부, 지로카스트라에서 태어남. 초·중등 교육과정을 지로카스트라에서 마친 후 티라나 대학교에서 언어학과 문학을 공부함.
1956년	교사 자격증 취득.
1958~1960년	모스크바에 있는 고리키 문학연구소에서 공부함.
1960년	알바니아가 소련과 외교 관계를 단절하자 알바니아로 귀국. 문학잡지 〈드리타 *Drita*〉에서 근무하며 작품 활동 시작.
1963년	첫 장편소설 『죽은 군대의 장군 *Gjenerali i ushtrisë së vdekur*』 발표.
1964년	시집 『이 산들은 무슨 생각을 할까 *Përse mendohen këto male*』 발표.
1968년	장편소설 『결혼 *Dasma*』 발표.
1970년	장편소설 『성 *Kështjella*』 발표. 프랑스어판 『죽은 군대의 장군 *Le Général de l'armée morte*』 출간. 알바니아 인민회의 의원으로 선출됨.
1971년	장편소설 『돌의 연대기 *Kronikë në gur*』 발표.
1972년	알바니아 노동당 가입.

1973년	프랑스어판 『돌로 된 도시의 연대기*Chronique de la ville de pierre*』 출간.
1975년	장편소설 『어느 수도의 11월*Nëntori i një kryeqyteti*』 발표.
1977년	장편소설 『위대한 겨울*Dimri i madh*』 발표.
1978년	장편소설 『세 개의 아치가 있는 다리*Ura me tri harqe*』 『위대한 파샤*Pashallëqet e mëdha*』 발표. 프랑스어판 『위대한 겨울*Le Grand hiver*』 출간.
1980년	장편소설 『꿈의 궁전*Nënpunësi i pallatit të ëndrrave*』 발표. 오토만제국의 수도를 배경으로 우화와 알레고리 기법을 통해 전제주의를 비판한 작품으로, 발표 즉시 출간 금지되었다. 장편소설 『부서진 사월*Prilli i thyer*』 『누가 도룬틴을 데려왔나?*Kush e solli Doruntinën*』 『우울한 해*Viti i mbrapshtë*』 발표.
1981년	장편소설 『H 서류*Dosja H*』 발표. 프랑스어판 『부서진 사월*Avril brisé*』 『세 개의 아치가 있는 다리*Le Pont aux trois arches*』 출간.
1984년	『위대한 파샤』가 프랑스어판 『치욕의 둥지*La Niche de la honte*』로 제목이 바뀌어 출간됨.
1985년	장편소설 『달빛*Nata me bënë*』 발표. 『성』이 프랑스어판 『비의 북소리*Les Tambours de la pluie*』로 제목이 바뀌어 출간됨.
1986년	프랑스어판 『누가 도룬틴을 데려왔나?*Qui a ramené*

Doruntine?』출간.

1987년 프랑스어판『우울한 해*L'Année noire*』출간.

1988년 『콘서트*Koncert në fund të dimrit*』발표. 프랑스어판 『콘서트*Le Concert*』출간. 1970년대 중국과 알바니아 의 관계를 다룬 작품으로, 1978~1981년에 집필되었으 나 검열에 걸려 출간 금지되었다. 프랑스 문학잡지〈리 르〉에서 그해 최고의 소설로 선정했다.

1989년 프랑스어판『H 서류*Le Dossier H*』출간.

1990년 공산주의 독재 체제에 위협을 느껴 프랑스로 망명함. 프랑스어판『꿈의 궁전*Le Palais des rêves*』출간.

1991년 장편소설『괴물*Përbindëshi*』발표. 1965년 단편으로 출간되었으나 검열에 걸려 빛을 보지 못하다가 이후 장 편으로 개작해 재출간. 프랑스어판『괴물*Le Monstre*』 출간.

1992년 치노 델 두카 국제상 수상. 장편소설『피라미드*Pirami-da*』발표. 프랑스어판『피라미드*La Pyramide*』출간.

1993년 프랑스 파야르 출판사에서 '이스마일 카다레 전집'을 출간하기 시작함(2004년까지 총 12권 출간). 프랑스어 판『달빛*Clair de lune*』출간.

1994년 장편소설『그림자*Hija*』발표(집필은 1984~1986년). 프랑스어판『그림자*L'Ombre*』출간.

1995년 장편소설『독수리*Shkaba*』, 에세이『알바니아, 발칸반 도의 얼굴*Albanie, Visage des Balkans*』발표.

1996년	프랑스 학사원의 하나인 아카데미 데 시앙스 모랄 에 폴리티크의 평생회원으로 선출됨. 프랑스 레지옹 도뇌르(오피시에) 훈장 수훈. 산문집 『알랭 보스케와의 대화*Dialog me Alain Bosquet*』, 장편소설 『스피리투스*Spiritus*』 발표. 프랑스어판 『독수리*L'Aigle*』 『스피리투스*Spiritus*』 출간.
1997년	에세이 『천사의 사촌*Kushëriri i engjëjve*』 발표.
1998년	단편집 『코소보를 위한 세 편의 애가*Tri këngë zie për Kosovën*』 발표. 모스크바 유학 시절 발표한 습작품 『선전 없는 도시*La ville sans enseignes*』 출간.
1999년	소설집 『남쪽으로 날아가는 철새*Ikja e shtërgut*』 발표.
2000년	장편소설 『사월의 서리꽃*Lulet e ftohta të marsit*』 발표.
2002년	장편소설 『룰 마즈렉의 삶과 죽음*Jeta, loja dhe vdekja e Lul Mazrekut*』 발표.
2003년	장편소설 『아가멤논의 딸*Vajza e Agamemnonit*』(집필은 1985년)과 그 속편 격인 『누가 후계자를 죽였는가*Pasardhësi*』 발표. 프랑스어판 『아가멤논의 딸*La Fille d'Agamemnon*』 『누가 후계자를 죽였는가*Le Successeur*』 출간.
2005년	제1회 맨부커 인터내셔널상 수상. 소설집 『광기의 풍토*Cësh-tje të marrëzisë*』 발표. 프랑스어판 『광기의 풍토*Un Climat de folie*』 출간.

2006년	에세이 『햄릿, 불가능의 왕자 *Hamleti, princi i vështire*』 발표.
2007년	프랑스어판 『햄릿, 불가능의 왕자 *Hamlet, ce prince impossible*』 출간.
2008년	장편소설 『사고 *L'Accident*』(프랑스에서 먼저 출간됨), 『잘못된 만찬 *Darka e gabuar*』 발표.
2009년	스페인의 아스투리아스 왕자상(문학부문) 수상. 장편소설 『떠나지 못하는 여자 *E Penguara*』 발표. 프랑스어판 『잘못된 만찬 *Le Dîner de trop*』 출간.
2010년	알바니아에서 『사고 *Aksidenti*』 출간. 프랑스어판 『떠나지 못하는 여자 *L'Entravée*』 출간.
2013년	단편집 『12월 어느 오후의 빛나는 대화 *Bisedë për brilantet në pasditen e dhjetorit*』 발표.
2014년	장편소설 『티라나의 안개 *Mjegullat e Tiranës*』 출간 (집필은 1957~1958년). 에세이 『카페 로스탕에서의 아침 *Mëngjeset në Kafe Rostand*』 발표.
2015년	장편소설 『인형 *Kukulla*』 발표. 프랑스어판 『인형 *La Poupée*』 출간.
2016년	프랑스 레지옹 도뇌르(코망되르) 훈장 수훈.
2017년	프랑스어판 『카페 로스탕에서의 아침 *Matinées au Café Rostand*』 출간.

지은이 **이스마일 카다레**
1936년 알바니아 남부 지로카스트라에서 태어났다. 티라나 대학교에서 언어학과 문학
을 공부했고, 모스크바의 고리키 문학연구소에서 수학했다. 1963년 발표한 첫 장편소설
『죽은 군대의 장군』으로 세계적인 명성을 얻었고, 이후 『꿈의 궁전』『부서진 사월』『H 서
류』『아가멤논의 딸』『누가 후계자를 죽였는가』『광기의 풍토』 등 많은 작품을 통해 암울
한 조국의 현실을 우화적으로 그려내는 자신만의 독특한 문학세계를 구축했다.

옮긴이 **권수연**
홍익대학교 건축학과와 한국외국어대학교 통역번역대학원 한불과를 졸업했다. 현재 전
문번역가로 활동하고 있다. 『네가 길을 잃어버리지 않게』『지평』『악의 숲』『언노운』『그렇
지만, 이건 사랑이야기』 등을 우리말로 옮겼다.

문학동네 세계문학
인형

초판 인쇄 2018년 6월 22일 | 초판 발행 2018년 7월 2일

지은이 이스마일 카다레 | 옮긴이 권수연 | 펴낸이 염현숙

책임편집 김미혜 | 편집 신선영 이현정 오동규
디자인 고은이 최미영 | 저작권 한문숙 김지영
마케팅 정민호 정진아 함유지 김혜연 박지영 | 홍보 김희숙 김상만 이천희
제작 강신은 김동욱 임현식 | 제작처 한영문화사(인쇄) 신안제책사(제본)

펴낸곳 (주)문학동네
출판등록 1993년 10월 22일 제406-2003-000045호
주소 10881 경기도 파주시 회동길 210
전자우편 editor@munhak.com | 대표전화 031) 955-8888 | 팩스 031) 955-8855
문의전화 031) 955-8862(마케팅) 031) 955-8860(편집)
문학동네카페 http://cafe.naver.com/mhdn | 트위터 @munhakdongne
북클럽문학동네 http://bookclubmunhak.com

ISBN 978-89-546-5134-9 03860

www.munhak.com

이스마일 카다레
Ismaïl Kadaré

'유머러스한 비극과 기괴한 웃음'을 담은 작품세계로 독특한 문학적 영토를 일궈온 세계문학의 거장. 한 시대의 사건을 이야기하면서 그 속에 전(全) 시대를 아우르는 우리 시대의 위대한 작가이며, 잊힌 땅 알바니아를 역사의 망각에서 끌어낸 '문학 대사'이기도 하다. 해마다 유력한 노벨문학상 후보로 거론되고 있다.

죽은 군대의 장군 이창실 옮김

발칸반도의 '문학 대사' 이스마일 카다레, 그 문학세계의 서막을 연 첫 장편소설. 제2차세계대전이 끝나고 이십여 년 후, 알바니아에 묻힌 자국 군인들의 유해를 찾아 나선 어느 외국인 장군의 시선을 통해 전쟁의 추악함과 부조리성을 폭로하는 이 소설은 알바니아에서 발표된 직후 불가리아, 프랑스, 이탈리아 등 여러 나라에서 번역 출간되며 카다레에게 세계적 명성을 안겨주었다.
〈르몽드〉 선정 20세기 100대 소설

부서진 사월 유정희 옮김

복수가 복수를 부르는 죽음과 전설의 땅 알바니아, 그 신화의 세계에서 펼쳐지는 비극적이고 환상적인 이야기. 피의 복수를 정당화하는 관습법 '카눈'에 의해 두 가문 사이에서 벌어지는 끝없는 죽음의 대서사시를 그렸다. 영화 〈태양의 저편〉의 원작 소설.

사고 양영란 옮김

위태로운 사랑과 그 불안을 추적하는 어느 조사원의 치밀한 조서. 단순해 보이면서도 한없이 복잡하고 미묘한 현대의 사랑, 그리고 그 안에 잠재된 불안에 대한 깊은 성찰을 통해, 사망 사고를 둘러싼 미스터리와 두 연인의 에로티시즘을 녹여낸 작품.

광기의 풍토 이창실 옮김

「광기의 풍토」(2004) 「거만한 여자」(1984) 「술의 나날」(1962) 세 단편을 모은 소설집. 1960년대에서 2000년대에 이르는 폭넓은 작품 발표 시점만큼 이스마일 카다레의 다양한 문학적 면모를 담고 있다. 시대의 권력과 이데올로기에 휩쓸리는 인간 군상이 펼치는 광기의 변주곡!